1
【wataru watari】
illustration
ぽんかん⑧

Contents

やはり俺の青春ラブコメはまちがっている。結

My youth romantic comedy is wrong as I expected.

登場人物【character】

Yui's story 1

比企谷八幡……高校二年生。奉仕部部員。性格がひねくれている。
【ひきがやーはちまん】

由比ヶ浜結衣……奉仕部部員。八幡のクラスメイト。周りの顔色を窺いがち。
【ゆいがはまーゆい】

雪ノ下雪乃……奉仕部部長。完璧主義者。
【ゆきのしたーゆきの】

折本かおり……海浜総合高校に通う。高校二年生。八幡と同じ中学だった。
【おりもとーかおり】

川崎沙希……八幡のクラスメイト。少し不良っぽい。
【かわさきーさき】

川崎大志……川崎沙希の弟。中学三年生で小町と同じ塾に通う。
【かわさきーたいし】

比企谷小町……八幡の妹。中学三年生。しっかり者だが少し抜けたところも。
【ひきがやーこまち】

雪ノ下陽乃……雪乃の姉。大学生。
【ゆきのしたーはるの】

葉山隼人……八幡のクラスメイト。人気者でサッカー部。
【はやまーはやと】

一色いろは……高校一年生。生徒会長でサッカー部マネージャー。
【いっしきーいろは】

design:numata rina

prelude

一二月の夜風は冷たいけれど、並んで歩いていれば、全然気にならなかった。

駅前をきらきらしたイルミネーションが飾っているのを横目に、ゆっくりゆっくり二人で歩く。

今日が終わらなければいいのにって思いながら。

けど、クリスマスは一二月二五日までって決まっているから、どんなに楽しくても終わってしまう。

パーティーは終わって、もう帰る時間だ。

夜になって、人も減ってくると、あんなにクリスマスカラーで一色だった街も衣装の早着替えみたいに姿を変えていく。

近くのショッピングモールは作業服の人たちが慌ただしく駆け回って、ディスプレイとか看板とか垂れ幕とかを片付け始めていた。

クリスマスセールは年末セールに、緑のツリーは緑の門松に変わり、白い雪だるまは白い鏡餅になって、サンタクロースのおじいちゃんは七福神の名前の知らないおじいちゃんたちに入れ替わる。

ひとつひとつを比べたら、結構そこそこ似ているものばっかりなのに、全然違うものになってしまうのが、なんだか変な気分だ。

そんな、どこか慌ただしい雰囲気の中、あたしたちは駅前を離れて、彼女のマンションへ向かっていた。

途中にある広い公園は、遮《さえぎ》るものがないせいで、冷たい風が吹き抜けていく。

あちこちにあるベンチではカップルっぽい人たちが顔と顔を近づけて、ひそひそ内緒話するみたいに、小声で何か言っていた。

きっと、あの人たちは周りなんて見えてないし、周りからも見えないと思ってるんだろうけど、ベンチのすぐそばに立っている街灯がまるでスポットライトみたいに照らしているせいで、あたしにははっきり見えてしまう。

それが変に気まずいから、あたしはちょっとわざとらしいくらいに、ぐーっと伸びをして、無理やり顔を背け、空に向かって独り言みたいに呟《つぶや》いた。

「んー、歌った歌った……」

明るく、ちょっとバカっぽい言い方になっちゃったけど、別に全然不自然じゃなくて、あたしの少し後ろではいつもみたいにダルそうで皮肉げな声が返ってくる。

「結局途中からただのカラオケになってたな……」

半身で振り返ると、彼はやっぱり口の端をひん曲げて、呆《あき》れたみたいなため息を吐《つ》いている。

けど、彼の死んだ魚みたいな目がいつもより優しかった。

その眼差《まなざ》しを見て、「ああ、そっか、楽しかったんだな」って思うとあたしは頬《ほお》が緩《ゆる》みそうになる。それを誤魔化すみたいに、あたしは笑い交じりにちょっと声を詰まらせた。

「い、いいじゃん。楽しかったんだし」

言い訳みたいにぽしょぽしょごにょごにょ言っていると、あたしの隣を歩く彼女が顎《あご》にそっと手をやって心配そうに首を傾《かし》げた。

「けれど、これで小町《こまち》さんたちにはちゃんと御礼になっているのかしら……」

「まぁ、楽しんでたみたいだし、いいんじゃねぇの」

彼が、はっと興味なさそうなやる気なさそうなどうでもよさそうな口調で言って、そのくせ口元は満足げに綻《ほころ》ばせる。ほんと、この人、妹のこと好きすぎる。

なんて、思ってたらあたしもつい笑ってしまう。

「うん、だといいなぁ……」

ちょっぴりしんみり、しみじみ言ってから、あれっと気づいた。

「あ、でもヒッキー、こっち来てよかったの？　別に小町ちゃんに言われたからって、あたしたち送らなくてもよかったのに」

「そうね、私の家はすぐそこなのだし」

言って、彼女が小道の先、高く伸びるタワーマンションを見上げた。お値段的にも高そうなそこは、高そうなだけあって、駅からも近い。だから、わざわざ送ってもらうような距離でもないんだけど。

「……まぁ、ケーキとか荷物もあるしな。これくらいは別にいいよ」

彼は肩を竦《すく》めるみたいにして、両手に抱えた袋をちょっと持ち上げる。それに彼女は安心したみたいな微笑《ほほえ》みを零した。

「そう。それは助かるけれど。ケーキも余ってしまったし……」

そして、彼の手元にあるケーキの箱を憂鬱《ゆううつ》そうに見る。あー、うん、まぁ、あんまりたくさん食べるタイプじゃないもんね……。

サービスで三つも貰っちゃったけど、ぶっちゃけ多すぎだったかもしんない。みんなで二つまでは食べたものの、最後の一個は箱から出すこともできなかった。

押し付けられるみたいにして、あたしたちが貰ってきちゃったけど、この感じだと、あたしがめっちゃ食べることになりそう。想像したら、ちょっと楽しみになってきた。

「でもでも、一つまるまるあるのっていいよね！　夢だったの！　ホール丸かじりっ！」

砂糖菓子のサンタもお家も、チョコレートのプレートも全部ひとり占め。

あたしが頬を押さえて夢見心地で言うと、彼女はしらっと冷静な視線を送ってくる。

「本当に食べられるのならいいけれど……。……あれ、結構苦しいわよ」

「試したことあるのか……」

彼がげんなり、ちょっと引いた様子で言うと、彼女ははっと気づいて恥ずかしがるみたいに口元もにょらせてふいっと顔を背ける。

それを見て、あたしはくすくす笑ってしまう。いつもは大人びてるのに、たまにすっごく幼い姿を覗《のぞ》かせるのが、可愛《かわい》くておかしくて。

話をしてるうちに、公園を通り過ぎて、大通りに出る。横断歩道を渡ればすぐに彼女のマンションだ。

「あ、ゆきのんち」

「比企谷《ひきがや》くん、もうこの辺りでいいわ」

横断歩道の手前で足を止めた。振り返ると、彼は恐る恐る慎重な手つきでケーキの箱を渡してくる。

「そうか。じゃあ、これ、ケーキな」

「はーい」

あたしも、揺らしたりしないように大事に受け取った。

けど、空になったはずの彼の手はまだ空中を彷徨《さまよ》っている。悩むように、迷うように、そわそわ動いて、ようやく肩から吊るしたサコッシュに伸びた。

そして、やっぱり慎重な手つきで、恐る恐る何か取り出す。

「……あと、ついでにこれも持って帰ってくんねぇか」

手にしていたのは可愛くラッピングされた二つの包み。控えめにかけられたリボンのおかげで、それがプレゼントなんだってわかる。

照れ交じりの咳払《せきばら》いをして、彼がぐいっとプレゼントの包みを突き出す。

あたしはちょっとびっくりしてしまって、ありがとうの言葉がすぐに出てこなかった。それは彼女も同じだったのか、ぽけっと口を開けて、不思議そうに彼の手元を見ている。

意外っていうか、嬉しいっていうか、驚いたっていうか、なにその渡し方変なのっていうか、めっちゃ照れてるのちょっとウケるっていうか、とにかくいろんなことを思いながら、あたしはその包みを受け取った。

「これって……クリスマスプレゼント？」

「私と、由比ヶ浜《ゆいがはま》さん、それぞれに、あるのね」

彼女が驚いたみたいに小さくため息を吐《つ》く。

あたしと彼女があんまりじっくり見るせいで、彼はこそっと視線を逸《そ》らす。

「……まぁ、湯呑《の》みの礼っつーか」

そして、めっちゃ早口でなんかぶつぶつ言ってた。

「もらっといて返さないっていうのもなんだし、タイミング的にもちょうどいい機会だったから、まぁ、物のついでって言ったら言い方悪いが……、だからまぁ、クリスマスプレゼントだな」

勝手に何か納得して、めっちゃ頷《うなず》いてるけど、まともに聞こえたのは最初だけで、あとはごにょごにょ言っててさっぱりわかんなかった。

でも、とにかくめちゃめちゃ照れてるのははっきり伝わって、あたしと彼女は顔を見合わせてくすりと微笑《ほほえ》みを交わす。

「……開けても、いいのかしら」

「ん、まぁ」

彼女が戸惑い気味に聞くと、彼は相変わらずそっぽ向いたまま、曖昧《あいまい》な返事をする。けど、彼の言い方にはもう慣れているから、あたしたちは躊躇《ためら》うことなく、リボンをしゅるりと解いた。包み紙もリボンも、大切な贈り物だって知っているから、ゆっくり丁寧《ていねい》に、時間をかけて、包みを開ける。

そして、手の中に現れたプレゼントを見て、あたしと彼女は小さく息を呑《の》んだ。

「わぁ……」

「シュシュね……」

笑《え》みを含んだ彼女の声に、彼は安心したみたいなため息を吐《つ》いた。どんな反応されるのか、不安だったのかもしれない。そんな心配、しなくていいと思うけど。

あたしは掌《てのひら》に載せたシュシュをきゅっと握る。

淡い色合いのシュシュは、ふわふわふかふか、降り積もった雪みたいに柔らかくて、優しい雰囲気。

ちょっと気になって、ちらって隣を見ると、彼女は小鳥とかひよことかハムスターとかを持つときみたいに、両手で大事そうに包み込んでいる。その手の中にあるのはあたしのと同じデザインのシュシュだ。

「あたしとゆきのん、お揃《そろ》いだね！」

言うと、彼女もちらってあたしのシュシュを見て、頷く。けど、すぐにうん？ってちょっと首を傾《かし》げた。

「由比ヶ浜《ゆいがはま》さんがブルーで、私が、ピンク？……なんだか逆のような気がするけれど」

暗がりの中であんまし見えなかったっていうか、人のプレゼントをまじまじ見るのはなんだか気が引けてちょっとしか見てなかったけど、よくよく見たら、確かに色違いだった。

言われてみれば、あたしが自分で選ぶ色はだいたいピンク系が多くて、彼女が選ぶ色はモノトーンとか寒色系が多い。

……もしかして、渡す相手間違えた？

なんて、一瞬思いかけたけど、そんなわけない。

こういう時、彼はすっごい慎重にちゃんと準備して、なんだったらちょっと気持ち悪いくらい渡し方とかタイミングとかを考えるタイプのはず。スマートに渡せるように練習しててもかしくない感じ。いや、それはおかしいけど。ていうか、別にスマートじゃなかったけど。だから、彼なりの考えがきっとあるんだなってわかる。

「いや、それでいい、と俺は思うんだが……」

彼は別に説明なんかしないけど。

でも、なんとなく。

なんとなくだけど、あたしにはちょっとわかる気がした。

もし、説明されたら逆にわかんなくなっちゃうような話。あたしと彼女の関係とか、あたしたちの関係とかに似ている。

それはきっと彼女もわかっているんだと思う。

「そう……」

彼女はそれ以上聞くことなく、ただ静かにそう言って、掌《てのひら》のシュシュから顔を上げると、柔らかに微笑《ほほえ》んだ。

「御礼、というならありがたくいただくことにするわ」

「うん、ヒッキー、……ありがとね。大事にする」

あたしも言い損ねてしまっていた言葉をはっきり口にして、言葉よりもちゃんと伝えようと、そのシュシュをぎゅって抱きしめる。

「ああ。まぁ、扱い方は任せるけど……」

照れくささを誤魔化すみたいに口早に言って、彼はそっと目を逸《そ》らした。あたしもちょっと恥ずかしくなって、お団子髪をくしくしいじりながら、こそっと視線を外す。

ちらっと視界に入った信号が青色に変わる。それをきっかけにしたみたいに、彼はひらと手を上げた。

「じゃ、じゃあ、またな」

「う、うん、またね！　……おやすみなさい」

あたしと彼女は頷《うなず》き合って、静かに歩き始めた。

けど、嬉しいとか恥ずかしいとかいろいろあって、気づくとちょっと早足になってしまう。手の中のシュシュみたいに、足元までちょっとふわふわしている気分。

少し火照《ほて》った頬《ほお》に、一二月の冷たい夜風が気持ちいい。

その風はあたしのマフラーをはためかせ、隣を歩く彼女の長い黒髪も靡《なび》かせる。街灯の光を返すくらいにつやつや艶《つや》めく彼女の髪が、ほんの一瞬ふわって広がった。

すると、彼女は髪を押さえて、立ち止まる。

細くて長い指先で、そっと髪を梳《す》きながら、大事そうに握りしめていたままのシュシュを見ると、彼女は照れくさそうに口元をもにょらせる。

そして、長い髪をしゅるりと手櫛でまとめた。少し慌てているのか、普段よりもちょっぴり雑に、あたふたしながら。

最後に手元のシュシュでくるりと括《くく》ると、バランスを気にするみたいに毛先を二、三度弄《もてあそ》ぶ。

その姿に、あたしはつい見惚《みと》れてしまった。

イルミネーションみたいに、ちかちかちかちか、点滅する信号に照らされて、これで大丈夫かな、おかしくないかなって、悩むような照れるような彼女の表情は今までで一番可愛《かわい》くて、その薄いピンクがすごく似合っていた。

オレンジの街灯の下でも、はっきりわかるくらいに色づいた頬《ほお》を気にしたのか、彼女は一度だけそっと口元を撫《な》でる。

そして、目を瞑《つぶ》って気持ちを落ち着かせるように小さく小さく息を吐くと、くるりと後ろを振り向いた。

「比企谷《ひきがや》くん」

その声はいつもと同じトーンだった。

大人っぽくて、冷静で、凛《りん》とした涼やかな声。

けど、そうやって普段通りに呼びかけるために、彼女はいくつもいくつも手順を重ねている。

それが可愛らしくて、いじらしくて、微笑《ほほえ》ましくて、あたしはつい見守ってしまっていた。

彼女が彼を呼ぶ声は、けして大きくはなかったけれど、他に人通りもない密《ひそ》やかな夜の街では充分だったみたい。

彼はゆっくりと、半身で振り返る。横断歩道の真ん中で立ち尽くす彼女を見て、ちょっと驚いたみたいだった。

目が合うと、彼女はひとつにまとめ直した髪をそっと撫でる。ピンクのシュシュがゆらと揺れて、彼の瞳がそれを追う。

彼女は髪を撫でていた手を止めると、静かに息を吸った。

「……メリークリスマス」

腕を上げればいいのか下げればいいのか、困ったみたいに胸の前で止めて、中途半端に開いた手のひらをそっと左右に振る。

おやすみとか、ありがとうとか、またねとか、そんなたくさんの言葉の代わりに、彼女は一言そう言った。

「お、おお。……メリークリスマス」

彼はぽけーっとしていたけれど、はっと気づいて、すぐに顎《あご》の先だけで二、三度頷《うなず》いてそう返す。

他になんの言葉もなかったけれど、それ以上は必要ないみたいに、彼女はくすって微笑むと、急ぎ足で戻ってくる。

冷たい風が吹きつけているわけでもないのに、マフラーを口元まであげて。その頬を覆《おお》い隠しながら。

彼女が渡り終えると、点滅していた信号がふっと赤く色づく。

おまたせとか全然とか、そんな何でもないやり取りをほとんど無意識にしながら、あたしはもう引き返せない横断歩道の向こうを見る。

彼は見守るように見送るように見届けるように、ちょっとけだるげ所在なさげに佇《たたず》んでいた。

あたしも、何か言ったほうが良かったかなって、ちょっとだけ後悔してしまった。

横断歩道の向こう側とこっち側は別に大して離れてるわけじゃないから、大きな声で言えばきっと届くはず。

でも、あれ以上の言葉なんてすぐには思いつかないから。

だから、あたしは腕を上げて、ひらりと大きく手を振った。手首にはめた薄いブルーは夜に紛れて見えないかもしれないけど。

彼が小さく頷《うなず》きを返してくるのを見てから、彼女と並んで歩き出す。

一二月の夜風はやっぱり冷たくて、ちくちく刺すように痛い。

あたしは気づかないうちに、寒さを紛らわすように身を竦《すく》ませて、左手にはめたシュシュをきゅっと握りしめていた。

× × ×

気づいてしまった。

ずっと昔から、自分が気づいていたことに、気づいてしまった。

もしかしたらそうなのかなって。

たぶんそうなんだろうなって。

思っていたくせに、わかっていたくせに。

聞くことも、言うことも、確かめることも、諦めることもしていなかった自分に気づいてしまった。

気づいてしまったら、もう知らない振りなんてできない。

引き返せないし、踏み出せない。目を逸《そ》らすこともできない。

だけど、もう気づいてしまった。


――ずっと前から、好きだったんだ。

1

そうして、比企谷八幡の冬休みが始まる。

クリスマスが過ぎ去り、けして長くない冬休みに入ると、ようやく今年も終わり、という雰囲気が出てきた。

いや、正しく言うのであればもともと意識の底にはちゃんとあったのに、忙しさにかまけてそこから目を逸《そ》らしていたのだろう。

それは季節感のことだけではなくて、どこか自分の心持ちとも重なっているように思えた。過ぎ行く時間の流れに身を任せて、本来向き合わなければならないことに背を向けているような気がする。

起き抜けのベッドから眺めた壁には、めくるか否か悩んだ末に中途半端にちぎられかけた今年のカレンダーがある。ぷらぷらと頼りなげに揺れる一二月の文字は理由もわからずにいる焦燥感を助長してきた。

そのせいか、夢うつつのままに益体《やくたい》もない考えが浮かんでは消え浮かんでは消えぐるんぐるんとループして、彼《か》のヨーヨー名人よろしく俺のハイパーブレインでループ・ザ・ループがバシバシ決まっていた。なんならそのうちジターリングみたいに出口のないところを行ったり来たりしてしまいそうだ。

今日が休日でよかった。まるで禅問答のように答えらしい答えが見つからない問題をあれこれ考えるのは平日の寝起きにやることじゃない。

休みに入ったことは心も体もきっちり認識しているらしく、二度寝三度寝を経てのち、もうじきお昼近くという頃合いになって、ようやく目が覚めた。

ぼーっとしたまんまの頭を振り、ベッドからのそのそと起き上がる。

そして、目の前に広がる光景は昨夜大掃除することを諦めてしまった俺の部屋。

読み終わった本は山と積まれ、飲み終わったマッ缶は天を衝く。

日々の慌ただしさと年末学期末の諸々が積み重なって、勉強机はいつ雪崩《なだれ》が起きてもおかしくない。

今日はちゃんと片付けよう……。

そう心に誓って、まずは机の掃除がてらノート類やプリント類、果てはいつだかの自分が書いた日記雑記端書きメモ書き殴り書きを整理する。

ちょっとした端書きは古紙回収へと出し、いささか頭痛のするような個人情報（主に黒歴史）を含んだメモ書きは細かく破って捨て、また黒歴史そのもののネクロノミコンばりに見た者の自我を崩壊させ得る殴り書きは引き出し深くへと封印する。

捨てるのもなんだしな……。こういう思春期の頃の書き物はいつか小説家になった時に役立ったりするかもしれないし……、なんて考えてしまうのがもう黒歴史。俺の黒歴史が、また1ページ……。

さぁ、黒歴史はどんどんしまっちゃおうねぇ～。と、整理を進め、そして、ものはついでとばかりに、中途半端なカレンダーも破り捨て、ゴミ箱にしゅっと投げ捨てた。

今年も残すところあと数日。もはやカレンダーは必要ない。

たまには頑張って年末の大掃除をしてみようと試みたものの、普段しっちゃかめっちゃかにしている机はなかなかに整理が大変だった。いつも机を使うときは必要なスペースをざくっと空けるだけだからな……。

どうやら世間では、A型は几帳面で整理整頓が好きみたいな印象があるようだが、はっきりいってそんなことはない。

A型は自分の部屋には案外無頓着なのである。その代わり、人の部屋が散らかっているとすげー気になるし、急に「ちょっとこの部屋片付けてもいい？」とか言い出す。なんだよA型超鬱陶《うっとう》しいな。

かくいう俺もA型で、ちょいと昔はよく小町《こまち》の部屋に押し入っては「さぁ、お片付けできない子はどんどんしまっちゃおうねぇ～」と言い出してたいそう嫌がられたものだ。

まぁ、昔は兄妹で部屋の行き来はそれなりに盛んで、勝手に入ってはお互いの漫画蔵書を持ち出したりしていた。なんで妹は兄の漫画を自分のものだと思っちゃうんですかね……。『犬《いぬ》夜叉』とか小町が買い始めたはずなのに気づいたら途中から俺が買ってたからね、あれ。はい、兄妹あるあるでした～。

だが、今思えば、小町の部屋から借りていった『ちゃお』や『少コミ』あたりの少女漫画が俺の乙女なメンタル、略して乙女ンタル形成に一役買っているのだろう。あと、妹がいることを口実に女児アニメを見ていたらいつの間にか兄だけが卒業できずに取り残されている。これも兄妹あるある。あると思います！

おかげさまで俺の乙女回路は着々と成長し、時々、ぎゅんぎゅん暴走しまくりで自分自身嫌になります……。なんてめんどくさい男なんだ、俺は……。

しかし、小町が中学に上がってからは俺の部屋に入ってくることもなくなった。

だもんで、来客も絶えて久しい我が部屋は野放図に荒れ放題である。そのうちどこかのタイミングでちゃんと片付けなくてはなるまい。

……だが、まだその時ではない。

そう、今日できることは明日もできる！

俺は明日に希望を持っている！　未来の自分を信じているんだ！　決して先送りなんかじゃない！

というわけで、俺の大掃除は一生終わることがなさそうだ。

とりあえず今日のところは、紙ものやＭＡＸコーヒーの空き缶をちゃかちゃか片付け、机の上だけどうにか形にし、残った箇所は後日に回すことにした。

ゴミ袋の口を縛ると、そいつをひょいと持ち上げ、玄関に置いておく。

うむ、これで明日親父が出社するときに捨てていってくれるはずだ。なんせあの父親、捨てることに関してはプロだからな。特に誇りやプライドを捨てることにかけては右に出る者はそうそうおるまい。深夜に聞こえてくる親父の電話口での声がだいたい「な、なんとかします」なあたり、あれ、相当やばいと思うんだよね……。

ま、まぁ、明日の朝、ちゃんと起きれたら俺がゴミ捨てに行こう、うん。なんか親父可哀想《かわいそう》になってきちゃったし。

一通りゴミを運び出して、本やらなんやらの山を一か所にぎゅっと押し込むと心なしか部屋の床面積が広がった気がした。

よし、大掃除第一弾はここまででよかろう。第二弾がいつなのかは不明だが、いつだって予定は未定だ。春発売と言っておきながらしれっと秋辺りに出すのがこの世界の常識。それどんな世界だよマジで。ゲーム業界?

今日のところはこの辺で勘弁したるわ！　と池乃《いけの》めだかばりに自室を後にすると、やってる？　と柳沢慎吾《やなぎさわしんご》ばりにリビングのドアを開ける。

しんと静まり返ったリビングに家族の姿はなく、ただ、炬燵布団《こたつぶとん》のヘリで愛猫のカマクラが寝こけているばかりだった。猫だけに。

まぁ、両親にとっちゃ今日は平日だ。小町《こまち》は受験前なので塾でお勉強。自然家にいるのは俺とカーくんだけ。

それでも、朝のひと時の残滓がまだあるのか、リビングにはほのかな温かみがある。

キッチンへ回って冷蔵庫を覗《のぞ》いてみると、ラップが掛けられた皿があった。卵焼きやらから揚げやらの他にちょっとしたサラダなんかもある。鍋には味噌汁もあって至れり尽くせり。

母親が朝のうちに用意しておいてくれたのだろう。ありがたくいただくことにする。

レンジとコンロでそれぞれ温め、準備をすると炬燵にもぞもぞ入り、誰が聞いているわけでもないのに、いただきますと小さく口の中で唱えた。

そして、ぽちっとテレビをつけると、録画してあったアニメを見るべく気合いを入れる。

そうしているうちにカマクラがのそのそと起き上がってきて、俺の膝に乗った。ひとしきりふみふみすると、香箱を組んでうつらうつらし始めた。

炬燵と猫から伝わるじんわりとした温かさ、食事を終えた満腹感。

そして、アニメを堪能した多幸感に包まれたおかげで、俺も微睡《まどろみ》に落ちていく。

実に素晴らしい……。これぞ年末年始の正しい過ごし方だ……。

×　×　×

ぬくぬくぽかぽかのリビングで一人と一匹。

昼日中から炬燵《こたつ》に入って、だらだらしている。

見てないくせにつけっぱなしのテレビからは騒々しい年末特番が垂れ流されていて、不意に視線をやると、画面には年の瀬の混雑した街並みが映し出されていた。

正月飾りやおせち料理、さらには蟹が安いだの鮭がお得だのとまさに日本の年末といった風情だ。

ＣＭもついこないだまでクリスマスソングがじゃんじゃか流れていたはずが、今は「福ぅよ来い来い福よ来い」と毎度おなじみ寺社ソングが流れている。これ聞くと、お正月って感じするよね……。

思わずくあっと欠伸《あくび》をすると、それが伝染したのか、カマクラも同じように大きく口を開いた。

あんだけ寝てんのにまだ眠いのかこいつは……と、自分のことは棚に上げて、カマクラの頭をわしわし撫《な》でる。すると、耳をプルンと跳ねさせてカマクラがリビングのドアへと顔を向けた。

連られて見やれば、しょぼしょぼと目をこすりながら母親が入ってくる。てっきり出かけたものだとばかり思っていたが、どうやら今まで寝ていたらしい。

「なに、いたの？　休み？」

声をかけると、母親はすちゃっと眼鏡《めがね》を掛け直して、未《いま》だ眠そうな眼をこちらに向ける。

「午前休とったの。昨日遅かったから」

「ほーん」

大変だなぁ、社畜……。いや、半休取れるだけいい会社だと思うけどね。

ともあれ、パパンとママンが頑張って働いてくれているおかげでこうして炬燵でぬくぬくできるわけで、マジ父と母に感謝、マジリスペクト、大貧民負けてマジギレって感じ。

ありがたや～ありがたや～と無言のまま拝んでいると、母親はぱたぱたと忙《せわ》しなく出勤準備を始めていた。そして、何事か思い出して俺のほうへ顔を向ける。

「本当に悪いんだけど、今日も帰り遅いからご飯適当に済ませといて」

「うい」

なぜ仏語で返事をしたのか自分でもよくわからなかったが、そこはさすが俺の母親。特に気にするでもなく軽やかに無視してうんと頷《うなず》きを返してくるだけである。そういう冷たさ、小町《こまち》も真似するからやめてください！

「あ、じゃあ金くれ金」

言うと、母親は一瞬渋い顔をしたがすぐに小さくため息を漏らすと、千円札をピッと渡してくる。

「小町の分は？」

「小町《こまち》はお弁当持って行ってるから。あ、そーだ。お弁当作ったとき、一応あんたの分も作っておいたんだけど」

「あー、それたぶんさっき食ったわ、うまかった」

「……だと思った。男の子は食うからなぁ」

ぶつくさ言いながら母親はちゃくちゃくと出る支度を整える。

しかし、母ちゃんあれだな、孫ができたら一生飯食わせそうだな。なんで世の婆ちゃんたちって孫が帰省するたびにめちゃくちゃ飯を食わせてくるのん？　若いといっても胃の大きさには限界があるんだが。ほんとマジそういうのすげぇ愛を感じてそれだけでも胸いっぱいになっちゃうんですけど。マジ長生きしてほしい。

先ほど受け取った千円札を大事にしまいしまいしつつ、炬燵《こたつ》の中で身体も懐もあったかくなっていると、パリッとしたいでたちになった母親がずんと見下ろしてくる。眉間《みけん》にはぐっと皺《しわ》が寄り、軽く睨《にら》まれた。

「ね、お兄ちゃん、受験終わるまでは、あんまり小町の前でだらけた姿見せないでよ」

「ん。あー、……はい」

お兄ちゃんと言われてしまうとどうにも弱る。昔から小町がらみのことで叱られる時だけ、八幡《はちまん》やあんたではなく、わざわざお兄ちゃんと優しい声で呼ばれてきたので、条件反射的に大人しくなってしまう。いや、一時期は「俺は母ちゃんのお兄ちゃんじゃありませんー！」とか言ったりもしてたんですけど、さすがにそういう子供じみた反抗期は過ぎてしまいましたね、ええ。

大人しく返事をすると母が頷《うなず》きとともに微笑を浮かべる。

「その代わり、受験終わったらいくらでも甘やかしていいから」

「いや、別に甘やかさないけど……」

なんかそれだと僕がシスコンみたいじゃないですか。なに、実親公認ってことでいいの？　とか思っていると、母親が深くため息を吐《つ》く。

「よく言うね、あんた。ほんと、そういうとこお父さんとそっくりなのに」

「あ、そう……」

親父に似てるとかやめてくんねぇかな、マジで。それ言われると頭皮の生え際とかすげぇ心配になってくんだよ。

なんて、くだらない会話をしているうちに母親の出かける時間になったらしい。

「じゃ、お母さんもう行くから」

「うい」

「あと、今年のゴミ出し、もう終わってるから。あのゴミ、部屋に戻しといてね」

「え……。なにそれ、そんなローカルルールあんの？」

「あるよ。むしろローカルルールしかないまである。ゴミの出し方わざわざチェックしてくる人までいるんだから」

しれっと至極《しごく》当然とばかりに言う母親に俺は「お、おう」と頷《うなず》くことしかできない。やだもうなにその審判（自称）。普通に地域の闇では？

しかし、どうせ捨てらんないなら、わざわざ大掃除しなくても良かったな……。

とか思っていると、母親は行ってきますと欠伸《あくび》交じりに言ってリビングを後にしていた。

それを炬燵《こたつ》の中から見送ってのち、俺も出かけるべく、ずりずりと炬燵から這《は》い出る。

別段、ママンの「だらけるな」というお小言を気にしたわけでもないが、ずっと家にいると、そのままダラダラ過ごしてしまいそうだったので、多少は動く気になったのだ。

ヒッキーという不名誉なあだ名のせいで、ときめく自宅！　キュアヒッキー！　だと思われがちな俺だが、たまには外出もする。

無論、家にいるのは大好きだが、独りでお出かけするのも割合好きなのだ。自分一人の都合で動ける場合にはウキウキで予定を立てることもままある。

冬休みはさして長くないとはいえ、貴重な長期休暇だ。読書のための本を物色するもよし、ゲームを見繕って徹夜でやるもよし。

適当に街中をぶらついて、ついでに夕食も済ませてから帰ろう。久々に映画でも行こうかしらん。

お留守番役のカマクラを一撫《な》でして、よろしくと声をかけると、意気揚々ウキウキルンルンで家を出た。

×　×　×

さて、千葉で映画を観るといえば、多くの場合、千葉駅周辺に行くことが多かろう。以前葉《は》山《やま》、折本《おりもと》、あと折本の友人なんとか町さんと付き合わされた映画館がそうだ。

別に千葉駅まで出ても構わないのだが、うちからの最寄りとなると、海浜幕張にあるシネコンのほうが断然近い。

まぁ、そんなわけで、今日俺が目指すのは海浜幕張のシネコンである。

うちからなら自転車でもさしたる距離でもないのだが、さすがに真冬に向かい風の中必死こいて自転車を漕ぐのもつらいものがあり、ひよった結果、バスで向かうことにした。

生暖かい暖房が効いた車内で揺られること一〇分そこそこ。

駅前に降り立つと、海から吹き付ける風がコートの隙間に忍び込んできた。

きゅきゅっとマフラーを締め直しながら気持ち丸まった背中で人混みの中を歩いていく。

年の瀬の街はひと足早く年末休みに入った人たちが多く出てきているのか、はたまた何かイベントでもあるのか、わらわらとした人の流れができている。

駅へと向かう人の流れに逆らうようにして、シネコンへと足を向けた。

このシネコンには夏休みに戸塚《とつか》と行ったことがある。将来的に俺教を開いた暁には聖地として登録されるであろう場所だ。

建物内に踏み入れれば、中にあるゲームセンターからは機械音とBGM、子供たちの楽しげな声が響いている。

それを背に受けながら、エスカレーターで二階へ上がり、時間的に適当な映画を選択して、チケットを買った。

なんだかハリウッドな感じの大作っぽいやつである。一瞬、ミラクルライト振って「ぷいきゅあー！　がんばえー！」と応援することも考えたが、そこはほら、俺みたいな奴が入って劇場内の幼女とその親御さんを怖がらせちゃいけないしね。BDが出るまで我慢だ。

まぁ、しかし暇つぶしに適当な映画を観る、なんて一人でしかできない贅沢なことだろう。誰かと映画行くと、その人の好みとかいろいろ考えちゃうしな。

買ったばかりのチケットを指先でぴんぴん弾きながら、上映開始時間までぶらぶら歩き回ることにした。

さっきのゲーセンでコインゲームかマジアカか麻雀格闘倶楽部でもやってるかなーと階下に降りると、思わぬ人物に出会ってしまった。

「あ、ヒッキーだ！　やっはろー！」

「お、おう……」

偶然の邂逅と頓狂な挨拶《あいさつ》にドン引きしてしまった。トンチキすぎる声をかけてきたのは由比《ゆい》ケ浜《がはま》結衣《ゆい》だ。

膝丈まである長いニットにこげ茶のスエードブーツ、ニットとブーツの間には白い柔肌がちらちらと見え隠れしている。館内は暖かいせいかベージュのコートは手に抱えて、青いシュシュで纏《まと》められたお団子髪が、腕を上げた拍子にちょっと揺れた。

あら、なんかオシャレなのつけてるわね……。

などと、すっとぼけてみたのだが、どこをどう見てもつい先日俺が贈ったシュシュだったので、面映《おもは》ゆさについ目を逸《そ》らしてしまう。いや、まぁ使ってもらえるのは全然ありがたいというか贈った甲斐があったなという気もするのだが、いざ目にすると、気恥ずかしくてたまらない。

ええ……、なにこれ、なんかめっちゃ照れるんですけど……。

という俺の心中を知るはずもない由比ヶ浜はなんも気にする様子もなく、とてててっとこちらへ歩み寄ってくると小首を傾《かし》げる。

「どしたの、こんなところで」

「……まぁ、暇つぶしにな」

お前は？　と問いかける代わりにじっと見ていると、その後ろから困惑顔でついてきた女子のおかげで、彼女の目的が知れる。

「あの、由比ヶ浜《ゆいがはま》さん、さっきのやっぱり変じゃないかしら……。白飛びしているし、目が大きいし……。撮り直したいのだけれど……」

スマホと睨《にら》めっこしてぶつぶつ言いながらやってきたのは雪ノ下雪乃《ゆきのしたゆきの》だ。思わず、ちょっと〜、危ないから歩きスマホやめな〜？　と咎《とが》めるような視線を向けてしまう。

20デニールほどのタイツにタイトな黒革のブーツ、そしてハイウエストで折りの細かいプリーツスカートに薄手のニット。上から羽織った真っ白のコートに、流れるような黒髪ストレートは緩《ゆる》く巻かれて胸元へと垂らされている。束ねた髪の根元ではピンクのシュシュが彩《いろどり》を添えていた。

普段と違う髪型なのに、妙に既視感があったのはそのシュシュのせいだろう。飾り気のないシンプルなデザインのソレはクリスマスに俺が買ったもののように見える。ていうかどう見てもそうなんだよなぁ……。……いや、なんかめっちゃ恥ずかしいなこれ。自分の頬《ほお》をぐっと押さえないと緩んでしまいそうだ。

雪ノ下は未《いま》だスマホを見つめて眉尻《まゆじり》を下げぶつぶつ言っていたが、てこてこ歩み寄った由比ヶ浜がその肩をとんとんと叩《たた》く。

「ゆきのんゆきのん、ヒッキーだよ、ヒッキーいるよ」

「なにその言い方……、動物園みたいじゃん……」

ちょっとげんなり気味に俺が言うと、雪ノ下がぱっと顔を上げる。

「……あ。比企谷《ひきがや》くん。こ、こんにちは」

少し戸惑ったように言いながら、雪ノ下はそれまで手にしていたスマホをさっと後ろ手に隠した。

察するに二人で遊んでいてプリクラでも撮っていたのだろう。

登場からかなりの歴史を重ねたプリクラだが、未だに根強い人気があるらしく、最近でも撮っている人をちらほら見かける。昨今はスマホでお手軽に加工した写真が撮れるようになったが、筐体だからこそできる「盛り」があるのだとかなんとか。SNS全盛の今こそ、筐体の力で確実に「盛れる」という信頼感が選ばれる理由なのかもしれない。

「ゲーセンいるなんて珍しいな」

ちらとプリクラコーナーに視線をやって言うと、由比ヶ浜がスマホをすますまいじり始める。

「あ、うん。プリクラ撮ってたの」

そして、何か画像を出そうとする由比ヶ浜の手を雪ノ下ががしっと止め、やや鋭めの視線と声音《こわね》を由比ヶ浜に向けた。

「やめて」

「……め、目がマジだ」

その圧に、由比ヶ浜が思いっきり怯むと、雪ノ下はちょっと拗ねたように唇を尖《とが》らせる。

「本気にもなるわ。……その写真、変だし」

「えー？　変じゃないよー」

言いながら由比ヶ浜《ゆいがはま》はスマホを突きつけ、ふんすふんす鼻息荒く熱弁する。

「ていうか、見てほら。これとか全然盛ってないし。むしろ、全然盛る必要ないゆきのんの顔が変なんだよ！」

「顔が変……」

おそらくは由比ヶ浜なりの賛辞なのだが如何せん言葉選びがゴミすぎて、雪ノ下《ゆきのした》はひっそりショックを受け、しおしおと項垂《うなだ》れていた。

「あ、それくらい可愛《かわい》いってことだよ！」

「そ、そう……。それは、ありがとう……」

由比ヶ浜の渾身のフォローに雪ノ下はいくらか持ち直す。しかし、そのスマホを見せるつもりは一切ないらしく、由比ヶ浜の手をしっかりつかんでいる。

うーん、そこまで隠されるとちょっと見たくなっちゃうなぁ……。

まぁ、もともと肌が白くて目も大きい雪ノ下のことだ。過剰に補正されれば何か別物になっているに違いない。むしろ盛るべき箇所は他にあるような……。いや、別に全然盛らなくていいと思うけどネ！

しかし、補正だの盛りだのが必要ないのは由比ヶ浜も同様だと思うが、撮り慣れていることもあるのか、あまり気にしないのかもしれない。

「せっかく撮ったのに……。あ、じゃあもっかい撮ろうよ！」

「……また今度ね」

甘えるような由比ヶ浜の声に雪ノ下は疲れたため息交じりに応える。そのやり取りはなんだか微笑《ほほえ》ましい。

クリスマスを経て、雪ノ下と由比ヶ浜の仲良し具合は増したように思える。ついこないだクリスマスパーティーだとかで会ったばかりな気もするのだが、彼女たちの間ではそうした時間感覚はあまり意味をなさないものらしい。

それもこれも今までの積み重ねがあってこそのことなのだろう。

雨降って地固まる、なんて使い古された表現だが、あの空虚な時間を味わったことは彼女たちの関係性により一層の進展を与えたともいえる。

うんうん、この調子でぜひ二人には末永くべったりゆるゆり仲良くしていただきたいものですね。

雪ノ下はプリクラの話はおしまいとばかりに後ろ手に隠していたままのスマホをささっと鞄《かばん》にしまい込むと、俺の手の中の紙片にちらと視線をやる。

「比企谷《ひきがや》くんは……映画？」

「ああ」

手の中で弄《もてあそ》んでいたままのチケットをぴっと指先で挟んでみせると、雪ノ下がひょいと顔を覗《のぞ》き込ませる。そして、そこに印字されているタイトルをふむふむ言いながら読むと、くりっと首を傾げた。

「意外ね、そういう趣味はないと思っていたわ。こういう話題作みたいなものは商業主義だとか大衆迎合だとか言って、端《はな》から馬鹿にして見下してかかった上に、あれこれ批判点をあげつらって悦に入るゴミみたいな感性の持ち主があなただと思っていたけれど」

「……君、俺をなんだと思ってるの？　だいたい合ってて否定しづらいからそういうこと言うのやめてくれる？　ていうか、普通に暇つぶしで観ることくらいあるし」

というか、製作費のかかっている超大作系は映画館で観たほうがいい。仮にストーリーやなんかに観るべき箇所がなくても、迫力や臨場感を楽しめる分だけ時間を無駄にした感覚には陥らない。むしろ地味目の映画をチョイスして、お話や演出がちょっとあれだとなんだかげんなりしてしまうものである。

「だいたいだな……」

と、いったん言葉を区切ると、その先を促《うなが》すように雪ノ下《ゆきのした》がちらと俺の目を流し見る。その視線に俺は胸を張って答えた。

「俺はちゃんと観てからボロクソに叩《たた》くタイプだ」

「結局叩くのね……」

ため息を吐《つ》くと、雪ノ下が頭痛を抑えるように手をこめかみに当てる。その腕にぎゅっと由《ゆ》比ヶ浜《いがはま》が絡みついた。俺の持っているチケットを指差して雪ノ下の顔を覗き込む。

「ねぇねぇ、あたしたちも映画観ようよ」

ぐいぐい腕を引っ張られた雪ノ下は一瞬迷惑そうな表情を見せるが、すぐに微苦笑を浮かべ、少しからかうようなトーンで答える。

「構わないけれど……。買い物はいいの？」

「え、あー……」

由比ヶ浜は雪ノ下の顔と俺の顔とをちらりちらりと交互に見て、うーんと悩むように唸《うな》ると眉《まゆ》をハの字にする。

その様子を見て、雪ノ下がふっと破顔した。

「買い物はまた今度行きましょうか。……それに、映画の後でもよければ私は付き合うわ」

「いいの？」

どうやら今日遊びに誘ったのは由比ヶ浜のほうらしい。問い返す声には申し訳なさが滲《にじ》んでいる。うるうるした瞳はまるで叱られている子犬のようでもあり、自然、それに相対する雪ノ下の声も柔らかなものになっていた。

「ええ」

微笑《ほほえ》みとともに雪ノ下が答えると、由比ヶ浜も嬉しそうに頷《うなず》き、そのまま手を引いて映画館目指して歩き出した。

「よし、じゃあ行こう！　なんかさー、三人で映画って初めてじゃない？」

一歩先を進んでいた由比ヶ浜《ゆいがはま》が振り返ってそんなことを言った。

確かに、考えてみれば部室でだらだら過ごす時間こそそれなりに重ねてきたが、三人だけで何の目的も依頼も仕事もなく街中を歩いたり、ましてや映画を観たりなんてことはなかったように思う。

「まぁ、……そうだな」

仮にそういう機会があったとしても、この選択肢を取れるのは由比ヶ浜だけだと思うが。

そのことは同じく前を歩く雪ノ下《ゆきのした》もわかっていることなのか、微笑を含んだ冗談めかした声で続ける。

「と言っても、指定席だから場所は離れていると思うけれどね」

「あ……。……まぁ、いいかぁ」

言いながら由比ヶ浜は相も変わらず雪ノ下の腕を抱いたまま、上りエスカレーターへと一歩踏み出した。

×　　×　　×

二人がチケットやらなんやらを買ってくるのを待つことしばし。

そうしていると、ちょうどいい具合に時間もつぶれて、開場時間と相成った。

二人がやってくるのを待ってから、シアターへと続く通路に向かう。

大きな銀幕と上映前独特の静かな、それでいてどこか期待を孕《はら》んだようなざわめいた空気。

開演前のこの雰囲気が俺は結構好きだ。

指定席へと向かう階段を一歩ずつ歩くたびに、緊張感と期待感でとくとくと鼓動が早まっていくのを感じる。

その映画が名作であれ駄作であれ、この瞬間の楽しさは変わらない。いやー、映画って本当に素晴らしいですね！。まだ観てないけど。

「じゃあ、また後でね！」

そう言って、由比ヶ浜は俺よりひと足早く自分の席へと向かう。それについていく雪ノ下の手にはばっちりキャラメルポップコーンとコーラが準備されていた。案外しっかり楽しむ気なんですね、雪ノ下さん……。

二人と別れて、俺は客席の一番後ろど真ん中へと向かう。

最後列から見下ろす劇場内はおおよそ七割程度が埋まっていた。年の瀬とはいえ、平日の回にしては上々の入りだろう。

それなりの客入りなのに、目につくのは残った空席だ。ぽつりぽつりとある空間に視線が向いてしまうのは、たぶん俺の癖なのだと思う。

いつも足りないものばかりを探してしまうのだ。満たされていないことなんて、すぐにわかるのに、それを確認したがってしまう。わざわざ確かめたところで、それが埋まるわけでもないのに。

そんな「足りないもの探し」なんていうどうしようもない遊びをしているうちに、俺の視線は一点をとらえて動かなくなった。

ちょうど、二列前にいる、二人。

後ろ姿だけでも、それが誰かはっきりとわかる。顔を近づけて、何事かくすくすと笑い合っている仕草を眺めていると、ふっふっと照明が消え始めた。

そして、銀幕が闇に浮かび上がり、新作のトレーラーが流れる。

けれど、現状観に行く予定のない新作情報に目を引かれることはなく、気づけば、二人の姿を目で追っていた。毎度おなじみ映画泥棒がにゅるにゅる踊っていても、どうにも落ち着かない。

銀幕からの光は二列前に座る二人の横顔を淡く照らし出していた。

影になったお団子髪が跳ねるたび、濡れ羽色した黒髪が微笑《ほほえ》むようにわずかに揺れている。

影絵の世界はスクリーンの中よりよほど楽しい話が繰り広げられているらしい。

声はなく、ただ、かすかな動きだけ、バックに張られた音も曲もセリフもまるで合ってはいないけれど、ついつい見てしまう不思議な魅力がある。

気づけば、そんな姿ばかりを目で追ってしまっていて、映画の中身はまるで頭に入ってこなかった。

2

ほんのりと、紅茶の香りが漂う場所で。

ぽつぽつと淡い灯《あか》りが燈ると、そこかしこからほうっとため息が聞こえてくる。席を立つ人々は友人なり恋人なりと口々に感想めいた会話を交わしながら、出口へと向かい始めた。

俺はぼうっと幕が閉じたスクリーンを眺めて一息吐《つ》くと、上映中に飲みきれなかったコーラを流し込んでから立ち上がった。

シネコンの通路では、シアターから吐き出された人々がゆっくりと歩いている。その流れの先、ホール角にある物販コーナーの先で手を振っている人がいた。

「あ、ヒッキー。おーい」

俺よりもひと足早く出ていた由比ヶ浜《ゆいがはま》と雪ノ下《ゆきのした》だ。

由比ヶ浜は背伸びするように踵《かかと》を浮かせ大きく手を伸ばす。

うーん……。外でそうやって呼ばれるのちょっと恥ずかしいですね……。あと、膝丈ニットとブーツの間の絶対領域が広がって、なんか、こう、肌色がちらちらして、太ももとかちょっと見えそうだからそれやめろ。ほんとなんか見えちゃうから。ついつい気持ち焦《あせ》って小走りになっちゃうじゃねぇか。

二人に合流はしたものの、特に何を言うでもなく、というより何を言うのが正解なのかよくわからず、とりあえず頷《うなず》いておいた。別にわざわざ待ち合わせの約束をしたわけでもないし、それに対していきなり礼や謝罪を言うのもおかしな話で、かといって無反応というのも違う気がする。

そんな逡巡《しゅんじゅん》が解されたとは思わないが、由比ヶ浜もうんと頷きを返して、俺たちを先導するように歩き出した。雪ノ下も自然と由比ヶ浜についていく。

無言のままに外階段へと出ると、吹き抜けていく夕暮れの風に思わず首を竦《すく》めた。手に持ったままだったマフラーをぐるぐるっと首に巻きつけて、コートの襟《えり》を掻《か》き合わせると、由比ヶ浜たちの後を追う。

とっとっと軽快に階段を下りていた由比ヶ浜が隣に並ぶ雪ノ下へ顔を向けた。

「すごかったねー。なんかこう……ちゅどーん！　って感じ」

なにそれスレイヤーズ？　由比ヶ浜の映画感想、言葉のチョイスは完全に意識低いくせに、意識高い系ばりにわかんないんだよなぁ……。

だが、それを聞く雪ノ下には充分な情報量であるらしく、子供の話を聞く母親のような柔らかな笑《え》みを浮かべている。

「そうね。映像エフェクトも派手だったし、見せ場で盛り上げていたのは良かったわ。それに役者の演技も真に迫っていたし」

「あ、ね！　超綺麗《きれい》だったー！」

二歩ほど離れた場所で交わされる会話は映画の感想としては実に穏当で、傍で聴く身としては新鮮な気持ちである。

由比ヶ浜《ゆいがはま》、ちゃんと映画観てたのか……、という新鮮な驚きもあるにはあるのだが、それはさておき、女子同士の映画評というのは今まで聞いたことがなかったので、なかなか興味深い。

俺と材木座《ざいもくざ》とかだとついついその作品のダメ出しに移行することが多かったりするからなあ。この辺りは結構男女で違いがあるのかもしれない。

なぜ男子同士で感想の言い合いをしていると、脚本がダメ作画がダメ演出がダメ演技がダメあの原作者はクソ特にあのラノベ作家はゴミカスみたいな話になってしまうのでしょうか……。みんな！　褒《ほ》めて伸ばしていく方向で考えようよ！

とまれこうまれ、映画は終わり。ここで解散と相成るのかどうかと前を歩く由比ヶ浜と雪ノ《ゆきの》下《した》の姿を目で追う。

と、階段を降りきったところで、由比ヶ浜がくるっとターンして振り返った。

「ちょっとお腹すかない？」

言われて、空を見上げれば西側にはじんわりと茜色が広がっている。

夕飯にはまだ若干早い時間帯だ。先ほどの映画でもコーラをちゅるちゅる飲んでいただけなので、胃袋には余裕がある。

問題はキャラメルポップコーンをもぐもぐしていた雪ノ下さんですが……と、視線をやると雪ノ下は少々悩むように顎《あご》に手をやっている。

「……まぁ、お茶なら付き合うわ」

「おー、じゃあ決まり！　どこ行こっか？」

言って、じっと俺の顔を見てくる。いや、こっち見られても……。

こういう場合、俺に決定権があると思えない。八幡《はちまん》、知ってるよ。こういう時お店のチョイス間違えると爆笑されるって知ってるよ。ソースは折本《おりもと》さんちのかおりちゃんとそのお友達のなんとか町さん。

なので、しれっと視線を横にずらして雪ノ下のほうを見る。

すると、雪ノ下も雪ノ下で特に何か希望がある様子でもなく、首をふいっと動かし、由比ヶ浜の顔を見る。

「えっと……、あたしはどこでもいいんだけど……」

誤魔化すように笑いながら再度その視線は俺のほうへとやってくる。うーん、一周しちゃいましたね……。

このままだと一生ループしそうじゃないですかね、これ。

まぁ、二人とも特に希望がないということなら、こちらから適当に候補を挙げていって決めてもらったほうが良かろう。仮に却下されるにしても、いくつか選択肢を削ることで見えてくる答えもある。

というわけで、何の気なしにお店の候補を挙げることにした。

「じゃ、サイゼ、とかな」

言って、反応を窺《うかが》うように由比ヶ浜《ゆいがはま》の顔を見る。すると、由比ヶ浜はけろりとした表情ですぐさま答える。

「うん、いいよー」

……え、いいの？

意外なほどに即答されてしまったので、思わず雪ノ下《ゆきのした》のほうへ視線をやる。すると、雪ノ下も特に異論はないらしく、否やの声は上がらない。

え、ほんとにサイゼでいいの？　いや、俺はサイゼ大好きだから一向に構わんのだが。折本《おりもと》となんとか町さんのおかげで、女子ってあんまりイタリアン好きじゃないのかしらとか思ってたんだけど……。

いや、待てよ、由比ヶ浜のことだ。イタリアンをイタ飯と略すこともあるからうっかり炒飯と勘違いしている可能性もある。でも、サイゼってイタリアンっていうより、どっちかっていうと、千葉リアンだよね！　さっすが千葉発祥！　それはそうと、イタ飯屋であるところのサイゼがアニメとコラボして痛飯を出す、みたいな企画はどうですかね……。ぜひご検討いただきたい！

炒飯屋でも痛飯屋でもない普通のサイゼで本当にいいのかしらん……。ひょっとしてこいつサイゼ知らんのと違うか。だってサイゼってぱっと聞いた感じなんかオシャレに聞こえるもんね！　シャンゼリゼ的な響きがあるし！　下手《へた》するとシャンゼリオン的な響きでヒーローっぽく感じることもあるもんね！　ちゃんと確認しなきゃ！

「……ほんとにサイゼでいいのか？」

「え、ていうかサイゼダメなの？」

さぐりさぐり聞いてみると、由比ヶ浜もまた戸惑ったようにおそるおそる返してきた。

「いや、全然悪くないしむしろいいしサイゼ最高だと思うけど……な？」

だよね？　とばかりに雪ノ下に顔を向けてみる。

「最高かどうかはあなたの主観だから何とも言えないけれど、特に反対する理由もないわ」

雪ノ下は肩にかかった髪を軽く払うと、平素と変わらない声で言った。賛成二票で本案は可決となります……。

とはいうものの。

とはいうものの、である。

胸の奥から湧き出てきた何かが喉に絡まって、思わず咳払《せきばら》いをしてしまう。

「いや。……いやいやいや、ちょっと待った。よく考えてみたらなんかドリンクバーでがぶがぶ飲むって感じでもないな。映画観てる間もなんか飲んでたし。だから、オサレっぽいカフェみたいなほうがいいまである」

「オサレって……」

由比ヶ浜《ゆいがはま》が呆《あき》れたような引いたようなすごく微妙な顔をした。あ、あれ⁉　サイゼの話をしたときは全然そんな感じじゃなくてむしろちょっと好意的だったような気もするんですけど⁉

とりあえず、発言を訂正しなくては……。

「あー、すまん、千葉にオサレな場所はなかったな、悪い」

「ヒッキー、千葉をなんだと思ってるの⁉　良い感じのカフェくらいあるし！」

「千葉を褒《ほ》めたいのか貶めたいのかよくわからない人よね、あなた……」

ごめりんこ☆ととりあえず謝っておいたらこの言われようである。やっぱり二人とも千葉好きなんですね～。いや、俺はほら、千葉の良いところも悪いところも愛してるから。妄信したりしないのが本当の愛ですよ？

などと、千葉愛について語ろうかとも思ったのだが、そこまでする必要はないらしい。先の俺の指摘を受けた雪ノ下《ゆきのした》がふむと顎《あご》に手をやる。

「けれど、そういうことなら、心当たりがなくもないわね」

「おすすめあるの⁉　そこ可愛《かわい》い⁉」

意外なほどに食いついた由比ヶ浜に、雪ノ下が少したじろぐ。

「あ、いえ……、私も実際に入ったことはないのだけれど、何度か前を通っていて、少し気になっているお店なら」

「いいじゃん！　そこ行こうよ！」

由比ヶ浜が「ね？」とこちらに確認するような視線を送ってくる。

雪ノ下にアイデアがあるのであれば、こちらに異存はない。そもそもサイゼでもよかったくらいなのだ。

まぁ、でも、ほら……、たまには違うところに行くのもありというか、せっかくだからちょっと張り切ってもいいんじゃないかと、そんなことを思ってしまった。

「ああ、いいんじゃねぇの」

言うと、雪ノ下は控えめに首肯《しゅこう》する。

「そ、そう……。では、行きましょうか」

「うん！」

「……あの、由比ヶ浜さん。歩きづらいのだけれど」

雪ノ下が由比ヶ浜の腕をぐいぐい引き剝《は》がそうとしながら、その目的のカフェへと歩き始める。だが、冬場のガハマさんはしっかり暖を取りたいのかまるで離れるそぶりを見せない。引っ付かれるのには随分と慣れたように思ってたけど、その状態のまま移動する経験はあまりないんですかね。

どこかふらふらとした足取りで歩く雪ノ下《ゆきのした》と絡みついたままの由比ヶ浜《ゆいがはま》、二人とは微妙に距離を空けてついていく。

この二人、そもそも容姿がいいのにそれが百合百合《ゆり》しくしているとさらに人目を引く。さすがの俺でも、その近くにいるのはちょっと恥ずかしいんだよな……。

ま、まぁ、他人の振りするのは得意だしね！　よく同級生にやられてたし！　やったー！

過去の経験が生きたよー！

×　　×　　×

駅から歩いて程なくすると、この辺りでは高級住宅街で通っている一角へと差し掛かった。

ここら一帯は新都心開発の折に建てられたマンション街でそのオサレな外観と整った街並みから今も根強い人気があり、雪ノ下の住むマンションはその筆頭とも言われているとかいないとか。なお、付近の地元民の間では分譲組と賃貸組、さらに下層階住人と上層階住人で妙な軋《あつ》轢《れき》があるとかないとかって比企谷《ひきがや》さんちのママンが噂話《うわさばなし》レベルで話していたような気もするが、詳しいことは知らない。

……大丈夫！　きっとただの噂！　千葉市民みんな仲良し！

そんな仲良し素敵市民の住む仲良し素敵オサレタウンなだけあって、周辺には小洒落《こじゃれ》たお店も多く存在している。

今、雪ノ下が向かっているカフェもそうしたお店の一つなのだろう。

半歩前を歩く雪ノ下は迷うこともなく、すたすた歩いていく。

「……さすがにこの辺は歩き慣れてるな」

「あら、あなたにしては随分と安直な皮肉ね？」

雪ノ下がニコッととってもいい笑顔を向けてくる。あらあら、ご自分の方向オンチさんに自覚はあるんですのね、うふふふふ。などと笑っている場合ではない。雪ノ下の視線がマジで冷たかった。

「ヒッキー……」

俺を咎《とが》めるように目を細めた膨《ふく》れっ面の由比ヶ浜がくいくいとコートの裾《すそ》を引っ張る。謝れという意味らしい。

「いや、別に皮肉とかじゃなくてね？　感心したというか安心したというか、ね？」

適当ぶっこいて煙に巻こうとしたが、雪ノ下の突き立てるような眼差《まなざ》しは緩《ゆる》むことがない。なので、俺のほうから目を逸《そ》らすことにしたよ！

というわけで、それとなく周囲を見渡す。

この辺りは俺も一応地元っちゃ地元なのだ。それこそ一昔前なら休日にこの近くのパスタ屋さんへ家族で来たりもしていた。そこで美味《おい》しいパスタを作っていただき、家庭的な女性がタイプの俺はそのお店にべた惚《ぼ》れしたものである。おかげで、今や俺もそんなおいしいパスタが作れる立派な専業主夫になろうと思うようになりました。もっとも残念なことにそのお店はすでに閉店してしまっているので、味を盗むことはできずじまいだったけど。

そんな一抹の懐かしさを感じつつ、バレンタイン通りをぷらぷら歩く。

やがて、海側に延びた通りの終わりが見えてくると、雪ノ下《ゆきのした》が立ち止まった。そして、やや心配そうな表情で俺たちのほうを振り返る。

「このお店なのだけれど……」

「ほう……」

ここがあの女おすすめのカフェね！　とばかりに、カフェを遠巻きに見る。マンションの一階テナント部分、小洒落《こじゃれ》た店構え、ほのかに漂ってくるコーヒーの芳しい香り。色とりどりのソファ席、丸みのある椅子《いす》、観葉植物、そしてさまざまな雑貨類と、女の子が気に入りそうな調度が多く目立つ。

店先に立った由比ヶ浜《ゆいがはま》が、明かり取りにとられた大きなガラス窓から中を覗《のぞ》き込んだ。

「お～……。可愛《かわい》い！」

「そう、良かった。……とりあえず、入りましょうか」

雪ノ下は少しほっとしたような顔を見せると、店内へと入る。

いらっしゃいませ、と柔らかい声で出迎えられて通されたのは奥まった場所にあるソファ席だ。ふかふかの壁側ソファを二人に譲り、俺は手前のやや硬めのソファ席に座る。

ふと、窓のほうを見れば、じわりじわりと夕日が染み出してきた暖かな冬の空模様を仰ぎ見ることができた。

程よい暖房と落ち着いた音楽が流れる店内には、他に何組かの客がいる程度だ。混みあっている、というほどでもなく、静かで穏やかな雰囲気だった。おそらくは年の瀬が近いということもあるのだろう。

お客の年齢層は総じて若く、女性ばかりだ。マックブックエアをカタカタッターン！　とやってる奴や話しながらエアろくろを回してるような奴は見受けられない。

おかしいな……。本来、カフェはマルチビジネスの勧誘をするための場所のはずなのに……。言い方はおかしいが、至ってまともなちゃんとしたお店だ。

なるほど、こういう若い女性客が多いお店だと雪ノ下は逆に入りづらいかもしれない。いや、俺も一人で来てたら絶対に入らないけど。

だが、その心配は杞憂だったらしい。俺の向かい側に座る雪ノ下は存外普通にお店に馴染《なじ》んでいた。由比ヶ浜と一緒だからリラックスしているのか、部室で見せるような大人びた所作がこのお店にはマッチしていた。案外、今後は一人でも来るようになるかもしれない。

一方、その隣に並ぶ由比ヶ浜はといえば、もちろん浮いているなんてことはない。今どきの若い女の子らしく、小洒落たお店にはよく似合っている。こちらも学校でのテンションよりもいくらか落ち着いた雰囲気だ。

と、思った矢先。

「あ」

小さな声を上げるや否や、由比ヶ浜《ゆいがはま》は立ち上がると、てててっと小走りに店内入り口のほうへと向かってしまう。何事かと見ていると、ラックから一冊の雑誌を抜き出してきた、とててっと席に戻ってきた。

「なにそれ、どしたの」

聞くと、由比ヶ浜はえへへーと笑いながら、今しがた取ってきたものを見せる。

「タウンワーク……」

雪ノ下《ゆきのした》がそっと眉《まゆ》をひそめて言う。

「うん、こういうとこあるとつい読んじゃわない？」

「まぁ、気持ちはわからなくはないけどな……」

「比企谷《ひきがや》くんがこういう求人情報を見る、というのも不思議な話ね」

言いながら雪ノ下が小首を傾《かし》げた。

「いや、普通に読むだろ。だいたいどこにでもあるしな、これ。求人情報だけじゃなくて、面接や履歴書についてのバイト豆知識なんかのコラムも載ってたりすんだよ」

「あ、そういうのあるある」

さすがはタウンワーク愛読者、由比ヶ浜。俺の言葉にうんうん頷《うなず》いて相槌《あいづち》を打ってくる。わかってもらえたなら話が早い。俺も頷きを返す。

「だろ？　だから、バイトしてるときは暇つぶしにぺらぺら読んでた」

「バイト中に読むの!?」

「せめてその時間くらい働きなさい……」

由比ヶ浜はドン引きし、雪ノ下はこめかみに手をやり、ため息を吐《つ》く。

いや、だってバイトって暇なとき、ほんと暇だし……。さすがに本読んだり、携帯いじったりできないし……。バイト先の人と会話するほど仲良くなかったし……。そうなると、タウンワーク読むくらいしかすることがない。

まさしくバイトあるある（アルバイトだけに）だと思ったのだが、どうもお二人にはご納得いただけてないようで、しらっとした目で見られてしまった。

う、うーん……、だいたいどこのバイトでも見られる光景だと思ったんだけど、ひょっとして俺の働いてたところがダメダメだっただけなのかなぁ……。などという悔恨を追い出そうと俺はけぷけぷ咳払《せきばら》い。

「それよか、先に注文済ませようぜ」

由比ヶ浜の広げているタウンワークの上にぽんとメニューを置く。俺はだいたいこういうときはいっつもブレンドコーヒーなので特に悩むこともない。

が、女の子二人はきゃいきゃい言いながらメニューを覗《のぞ》き込んできた。いや、まぁ、主にきゃぴってるのは由比ヶ浜《ゆいがはま》なんだが。

「ねぇねぇ、紅茶、どれがいいの？」

ずらりと並んだ紅茶のレパートリーに目移りしている由比ヶ浜が、雪ノ下《ゆきのした》の袖《そで》をくいくいっと引く。

「そうね。……アッサム、セイロン、アールグレイの定番どころに、ハーブ系ならカモミール、ローズヒップ、薄荷《はっか》。少し変わったところで桜紅茶あたりかしら」

雪ノ下が常と変わらぬクールな表情でつらつらと品種やら銘柄やらを挙げていくと、由比ヶ浜の顔がだんだんと曇り始める。最後のほうは頭痛でもするのか、うんうん唸《うな》っていた。ひとしきり雪ノ下の話が終わると、難しい顔でじっと雪ノ下を見つめる。

「……今の、呪文？」

「紅茶よ」

ふっと、雪ノ下はどこか疲れたような、空虚なため息を吐《つ》く。

いやいや、エロイムエッサイムと似てるアッサムくらいしか呪文っぽくねぇだろ。あれだけ挙げてもらったのに最序盤でギブだったのかよ、ガハマさん……。

「うーん……。じゃ、紅茶はゆきのんに任せる！　違うの注文して、途中でちょっと交換しようよ！」

「え、ええ……。それは構わないけれど……。どれがいいかしら……」

丸投げされた結果、それまで余裕ありげだった雪ノ下《ゆきのした》の眉根《まゆね》がきゅきゅっと寄り、メニュー表を食い入るように見始めた。あー、この子ったらガハマさんに頼られちゃったから本気出しちゃうよ……。

「もう店員さん呼んじゃうぞ……」

しばし待ちつつも、このままだと一生決まらなそうなので、一声かけてそっと手を挙げる。俺クラスともなると、店内で手を挙げてもなかなか気づかれないのでむしろちょうどいい時間調整になるだろう。

が、思いのほか、早く気づかれてしまった。

カウンター側にいた女性の店員さんがふとこちらに視線をやって、ぱたぱたと急ぎ足でやってくる。

「すいません、お待たせいたしました。……あ」

手際よくテーブルに水を三つ置く店員さんが言葉を失うその姿を見て、俺もうっと声が詰まった。

パリッと糊のきいた白シャツにしゅっとした黒いパンツ、腰にはシンプルなサロンエプロン、くしゃりとしたパーマのかかった黒髪。そして、その下にあるのは軽い驚きを湛《たた》えた瞳と親しみやすいサバけた笑顔。

俺の中学時代の同級生、折本《おりもと》かおりだ。

「比企谷《ひきがや》じゃん、どしたの？」

「お、おう。いや、客だけど……」

「へー。比企谷、こういうとこ来るんだー」

からから笑って、エプロンのポケットに突っ込まれたハンディを取り出す。

こいつ、ほんと相変わらずだな……。

別に悪意があるわけではないんだろうが、どう聞いてみても「比企谷がこういうオシャレなお店に来るとかなくない？　マジウケる」みたいな意味がばっちり感じ取れてしまう……。

「あたし、ここでバイトしててさー」

言いながらぽちぽちハンディの操作をし、注文を取る態勢に入り、ちらっと俺とさらに向かいに座っている二人に顔を向けた。

さすがに顔見知り同士だ。誰かと問うようなことはない。しかし、逆に言えば顔と名前くらいしか知らないのだ。その微妙な距離感のせいか、妙に気まずい。

最初にこの三人が会ったのは、あの葉山《はやま》に付き合わされたダブルデートもどきの時。あれはちょうど生徒会選挙の一連も絡んでいたし、そも俺たちの関係性だって非常に曖昧《あいまい》だった時だ。

そして、その次に折本に会ったのはついこないだ、総武《そうぶ》高校と海浜総合《かいひんそうごう》高校のクリスマス合同イベントのまさしくド修羅場《しゅらば》だったとき。

どうしたって、幸せな邂逅だったとは思えない。

雪ノ下《ゆきのした》と由比ヶ浜《ゆいがはま》、そして折本《おりもと》。

お互いに探るような視線と沈黙が交差する。

由比ヶ浜はちょっと困ったような笑顔だが、細められた目の奥にある考えまでは察することができない。

一方、雪ノ下はただただじっと折本の顔をまっすぐに見据え、表情を変えることも口を開くこともない。だが、纏《まと》った雰囲気にはいくらかの冷たさがある。

それに対して折本はほうっと興味深そうな視線を向けていた。

なんだこれ、超肩身せめぇ……。

そも、俺からすれば折本は振られた相手だ。積極的に顔を合わせたくはない。

普通に折本単体と出会っても「っべー……」ってなるのに、こうして雪ノ下、そして由比ヶ浜と一緒にいる空間だと、「べべべーべべーべべー……」って感じでべべべ神拳撃っちゃいそうになるよぉ……。

べべべ神拳によって生まれた気まずい雰囲気は、その場の誰もが感じ取っているのか、妙に重苦しい沈黙が続いている。

が、不意に折本がふっと短い息を吐いて口を開いた。

「ちゃんと話したことなかったよね、……です、よね？　あたし、折本かおりです。比企谷《ひきがや》と同中で、海浜総合《かいひんそうごう》行ってて……て、それくらい比企谷から聞いてるか」

折本はくしゅくしゅパーマに手をやり、照れ隠しみたいに、あはーと笑って、俺をちらと見る。

が、俺はまったく笑えず、ただただ無言で顎《あご》先だけぷるぷる横に振った。

いや、話してるわけないでしょ……。折本と出くわす時ってだいたいゴタゴタしてるか、バタバタしてるかだし、そんな余裕ねぇよ……。だいたいいつもゴタゴタバタバタしてるけど！

と、そんな言い訳じみた言葉さえも俺は無言で、にごっとした曖昧《あいまい》な苦笑いと滴り始めたジト汗だけで伝える。

折本も察したのか、呆《あき》れたような短いため息を吐《つ》いてから、ふっと温度低めの笑いを零す。

「ウケる。普通話すでしょ」

「いや、ウケねぇから……」

俺が小声で言うと、折本は軽く肩を竦《すく》め、由比ヶ浜と雪ノ下に向き直る。

「まぁ、その辺はいいや。ていうか、イベントの時、なんかいろいろごめんね。ありがとうございました」

ぺこっと軽く頭を下げると、からりとした笑《え》みを浮かべる折本。

タメ口と敬語の間を取ったような話し方はまさしく折本の態度そのものだ。けれど、サバけた口調と自然なトーンには言葉を返しやすいリズムがある。

「あ、どうも……。いや、全然こっちこそっていうか……。あ、由比ヶ浜結衣《ゆいがはまゆい》、です。えとえっとヒッキー……比企谷《ひきがや》くんのクラスメイト、ていうか……」

由比ヶ浜も戸惑い交じりながら、今更ながらの自己紹介に応じた。すると、その中の一単語に折本《おりもと》がぴくと反応した。

「ヒッキー？　……ぶふっ」

折本は顔を背け、お腹を抱えて笑い出す。いやいや笑うところじゃないでしょ、いや笑うところ？

「あ、あははは……」

急に吹き出した折本に、由比ヶ浜も困った様子で愛想笑いを浮かべていた。そのお愛想には折本も気づいたのか、すぐに笑いをひっこめると、目じりに浮いた涙を拭《ぬぐ》う仕草を見せて、慌てて弁明に入った。

「あ、ごめんごめん。なんか比企谷がそう呼ばれてるのって超新鮮でさー。別に全然変な意味で笑ったんじゃないから」

真面目くさった顔を作って折本が言い添えた。

折本の言葉は実際その通りだろう。

そこには別に深い意味があるわけじゃない。逆に言えば思慮や配慮もないのだが、そういう奴だと思っていればどうということもない。ただサバサバしているのとデリカシーがないのとを混同しているだけなのだ。

中学時代の知り合いなんて、俺の名前をちゃんと憶えているほうが珍しいくらいだ。ヒキガエルだのなんだのと蔑称ともいえるようなあだ名ばかりだったから、ヒッキーなんてニックネームを聞いたら驚くだろうし、笑いがこぼれてもおかしくない。いや、ヒッキーが蔑称じゃないかはまた別問題なんですけどね?

まぁ、人と会話するのに共通の知人の話題で広げようとするのはままある手段だ。今回はそのいじり方の方向性が由比ヶ浜に合わなかったというだけのこと。

「まぁ、結構笑い上戸なところあるから、この人」

「う、うん……」

別にフォローをする気もないのだが、妙にぎくしゃくされてせっかくのティータイムが落ち着かないのも困る。小声で言うと、由比ヶ浜も頷《うなず》いた。

おそらくもっと折本との距離が近ければ、由比ヶ浜もこんな少し沈んだような表情は見せなかっただろう。普通に仲良く会話できて、こんな話にも笑えたはずだ。いやだってほら、正直、由比ヶ浜と仲良しさんな三浦《みうら》だって結構ひどいときあるしね?

あるいは、これから仲良くなっていくこともあるかもしれない。

その可能性は、今、「あー……」とちょっと後悔交じりな微苦笑を浮かべている折本の姿からも予想ができる。

お互いの距離の取り方がわかれば、この二人のコミュ力だ。今後、そんな機会があるかは知らんが、うまくやっていくことはできるはずだ。

さて、では残るもう一人ですが……。

折本《おりもと》が先ほどまでの気まずさを誤魔化すように、雪ノ下《ゆきのした》へと視線を向けた。が、雪ノ下の姿勢は先ほどと変わることはなく、温度の低い視線を向けているだけだ。ふえぇ……。瞳の色が攻撃色だよぉ……。嫌だなぁ、怖いなぁ……。

「それで、えっとー……」

しばしの沈黙に、さしもの折本も少々たじろぎ、視線を下げる。「えーっと……」と言葉の接ぎ穂を探すだけの頼りなげな声が漏れた。

それが耳に届いたからか、雪ノ下はふっと余裕らしきものが滲《にじ》んだ短い息を吐く。あれですか、野生の獣《けもの》同士が出会ったときに目を逸《そ》らしたほうが負けみたいなやつですか。

瞑目《めいもく》し、一度咳払《せきばら》いをすると、雪ノ下がちらと折本を見る。

「雪ノ下雪乃《ゆきの》です。ひ、ひき、ひき…………」

そこで雪ノ下は言葉を詰まらせる。なに、どしたのゆきのん、もしかして俺の名前忘れちゃったの？

が、そういうわけではないらしく、ちらと由比ヶ浜《ゆいがはま》、そして折本を見ると、俯《うつむ》いてぽしょぽしょと呟《つぶや》く。

「ヒッキー、……の部活の部長、です」

言うや、雪ノ下の顔がかーっと真っ赤になり、白い首筋まで朱に染まった。聞いていた俺たちはぽかーんと口を開けてしまう。

いや、ヒッキーって……。なんでまた急にそんな呼び方を……、と思っていると、由比ヶ浜が庇うようにがばっと雪ノ下に抱き着いた。

「ゆきのん！　恥ずかしいなら無理しなくていいから！　なんかごめんね！」

「いえ、別に無理なんて……」

由比ヶ浜の腕の中にいる雪ノ下はそう言うが、未《いま》だ頬《ほお》から赤みは引かず、もじっと身を捩《よじ》っている。

思えばヒッキーという呼び方は由比ヶ浜が最初に呼び出したものだ。雪ノ下としては、その由比ヶ浜のネーミングセンスが笑われているような気がして、それを庇いたかったのかもしれない。

そんなやり方の不器用さはまさに、雪ノ下って感じだ。

ていうか、ほんとなんか知んないけど俺の名前のせいでごめんね？　今度のお盆に先祖シバいとくから許して？

ともあれ、ガハマさんとゆきのんが睦まじくて、ぼくは満足です。

と、水を飲んでいると、そんな二人の様子を見ていた折本が小さな声で、囁《ささや》くように言った。

「仲、良いんだ」

「ん、ああ。見た通りな……」

答えて、ちらと視線をやると、折本《おりもと》はちょっと困惑したような、疎外感のある苦笑で二人を見ている。

俺にとってはもう見慣れた感のある光景だが、あまり知らない人からすると、仲睦まじくハグする美少女二人というのは、仲良いどころかむしろ、ちょっと引かれるくらいなのではないかと思う。なんなら俺も引くまである。だいぶ引いて広角で捉えないと全景がちゃんと見えないからな。

俺の記憶の中の折本かおりは、人との距離こそ近かったが、あまり女子同士でべたべたしていたような姿は見たことがない気がする。もっとも、折本のことを云々《うんぬん》言えるほど俺は彼女のことを深く知りはしないのだけれど。

女子同士であっても同じ文化圏に属しているとは限らない。

さて、折本さんはこの二人を見てどう思うのかしら……などと、少しドキドキしながら反応を盗み見ると、折本はふっと短い吐息を漏らし、まなじりを下げていた。

「そっか、悪いこと言っちゃったな」

小声で呟《つぶや》くと、気分を切り替えるようにハンディの蓋をぱたぱたさせながら、折本はすぐに顔を上げた。そこにあるのは昔見慣れた表情と変わらない。

「で、ご注文は？　サービスして社割で打ったげるよー」

ぽちぽちとハンディになにごとか打ち込み、ちらと由比ヶ浜《ゆいがはま》のほうを見る。

「え、えっと……いいの？」

由比ヶ浜の疑問は当然のことで、未《いま》だ抱き着かれたままの雪ノ下《ゆきのした》も、折本に怪訝《けげん》な視線を送っている。

が、折本はけろりとした顔で首を捻《ひね》った。

「さぁ？　知り合いだし、別にいんじゃない？　知らんけど」

こいつマジ適当だな……。

「まぁ、それはありがたいが……」

いいのかしらんと、由比ヶ浜と雪ノ下の顔を見ると、雪ノ下は未だ折本への警戒心が抜けていないのか、ちらと折本を見て、その瞳をすぐに俺たちのほうへと戻す。

「特にサービスを受けるいわれはないけれど」

ふいっと顔を逸《そ》らす仕草は人に慣れない野良猫じみている。その横に座る由比ヶ浜はといえば、雪ノ下と折本、そして俺へと視線を行ったり来たりさせていた。その不安げな表情が来客の多いときの座敷犬を思わせた。

「ま、まぁ、でもヒッキーの友達だし……。友達ならよくあること、かな？」

「そうそう、うちの店じゃよくあることだし」

折本《おりもと》はぱたぱた蝙蝠《こうもり》の羽のように手を振って、野良猫と座敷犬に微笑《ほほえ》みかける。

まぁ、折本自身はいいって言ってるし、俺が否やを唱える必要もない。問題になって怒られるのは折本だしね！　やだ！　八幡《はちまん》ったら最低！　クズ！

ていうか、折本の厚かましさというかコミュ力を考えれば、このお店でも普通に馴染《なじ》んでいるから、さして問題にもならんだろう。

いるんだよな、バイト先でやたらめったら人気になる女子……。暇な時間によく話すようになって好きになっちゃうパターン。でも、向こうはただの暇つぶしで話しかけてきてるだけだから何の可能性もないんですよねー。ほんとマジこっちのこと何とも思ってないのにバイト中に私語とかしてんじゃねぇぞ、なめとんのか働け。

ちょっと前にしていたアルバイト先での嫌な思い出がよぎりそうになったおかげか、結論は案外あっさり出た。

人の厚意は素直に受け取るべきだ。でも、人の好意は素直に受け取っちゃダメ！　絶対！

それに、悪意がなさそうだったとはいえ、先ほど少々空気を悪くした負い目もあるのだろう。折本なりの気遣いだとすれば、受けたほうがお互い気は楽だ。

「じゃあ、お言葉に甘えて……。俺はブレンド。と……」

言って、由比ヶ浜《ゆいがはま》と雪ノ下《ゆきのした》のほうを見やる。

「あ、ありがとー！　……ございます？」

由比ヶ浜はタメ口と敬語が混じったような微妙な言葉遣いで礼を言った。そして、雪ノ下は無言でぺこりと頭を下げる。

「えっと……、じゃー、あたし、モンブランとカヌレと……」

「紅茶は私の趣味で選んでしまっていい？」

「うん！　お願い！」

二人が頭を突っつき合わせてメニューを覗《のぞ》き込んでいると、テーブル脇に立っていた折本が口を挟んだ。

「うち、ザッハトルテも美味《おい》しいよ」

「あ、そうなんだ。じゃあ、ザッハトルテも。……お願いします」

「はいよ〜」

そんなやり取りをぼーっと見ながらふと気づく。

雪ノ下の態度はまさしくいつもの雪ノ下で、別におかしなところはない。というか、こいつほんと変わんねぇな……。

折本も折本で、中学の頃から相変わらずだ。久しぶりに会った俺にも、初対面の葉山《はやま》にも、警戒心バリバリむき出しの雪ノ下にも、ついでに友達であろうところのなんとか町さんに対する接し方にもさしたる違いはない。

ただ、由比ヶ浜の態度は少し意外だった。

もともと気を遣う性質《たち》の由比ヶ浜《ゆいがはま》ではあるが、折本《おりもと》に対してはそれが少々過剰なようにも感じる。

もちろん、二人が会った回数なんて数えるほどしかないから、未《いま》だ距離感を測りかねているというのはわかる。なんなら俺だってまだ測りかねてるし……。おかしいな、俺が一番付き合い長いはずなんだけどっていうほど付き合ってなかったね！　なんなら付き合う前に振られてるまである。それはさておき。

だが、普段の由比ヶ浜であればもう少しぬるぬるとうまくやり取りができるように思える。ましてや、折本は努めてくだけた対応をしようとしているわけだし。いや、折本はあれが地っぽい部分もあるし、単純にサバサバ系を勘違いしてるっぽい部分もあるから何とも言えないけど……。

それでも、由比ヶ浜なら折本のようにオープンにしてくるタイプの人間とはうまくやれそうな気もする。

とはいえ、人同士の相性などそうそう計り知れるものでもない。何をきっかけに仲良くなるか、あるいは仲が悪くなるかはわからない。

どんなに話が合う人でも調子に乗って話し続けていたら、ついつい相手の地雷を踏んでしまって、二度と顔を合わせなくなる、なんてことだって珍しくないことだ。

だからまぁ、由比ヶ浜と折本がそのうち親しく話すようになることもあるだろう。あるいは今後二度と会うことがないことだって充分に予想できる。

由比ヶ浜の態度に小さな違和感を抱きこそすれ、これは看過していいものなのだと思う。

そんなことを考えていると、ふとメニューから顔を上げた由比ヶ浜と目が合った。

「ヒッキー、他に注文ある？」

「あー、いや、だいじょぶ」

話を合わせて手短に答えると、折本はぱたんと勢いよくハンディを閉じた。

「はい、オッケー。じゃ、ちょっと待っててね」

ハンディをエプロンのポケットにねじ込み、メニューを下げる。と、その下に置かれていたタウンワークが目に入ったらしい。

折本はきょとんとした表情で小首を傾《かし》げた。

「比企谷《ひきがや》、バイト探してんの？　だったらここにすれば？　今、キッチンもホールも募集してるし」

「いや、しないけど……」

「えー、働けばいいのに」

俺の返事に折本はがっくりと肩を落とした。

え、ちょ、なんでこの人、残念そうなの。なにそれ俺とこのバイト先で一緒に働きたい的な意味なんですかそれどういうことなんですか。

どんなリアクション返すのがいいのん……と言葉に詰まっていると、正面のソファ席からくすっと小さな笑い声がした。

ぱっと見やれば、雪ノ下《ゆきのした》がとってもにこやかな微笑《ほほえ》みを浮かべている。

「比企谷《ひきがや》くんはどんな職場であろうと関係なく、そもそも働く気がないわよね」

雪ノ下がにっこり微笑んで言うと、由比ヶ浜《ゆいがはま》がうんうん頷《うなず》く。うーん、その通りなんだけど、自分の無職願望を人から指摘されると、改めて自分のクズさがよくわかってしまって複雑な気分だなぁ……。

というわけでここでは働けないです、とばかりに折本《おりもと》に顔を向けると、折本はくしゃっと自分の髪を手櫛で梳《す》くと、少し疲れたようなため息を吐《つ》いた。

「そっかー。シフト変わってくれる人いると超楽だったんだけどなー。あれ、代わり探すの結構大変でさー」

「あ、そう……」

やっぱりそういうオチですよね……。

しかしほんと、なんでバイト休む時に、その休む人間が代わりの人員手配しないといけないのか意味わかんねぇよな。それやるのって店長とか責任者の仕事じゃねぇの？　とか、こういうこと言うとすぐにバイトの責任感云々《うんぬん》言い出すけど、じゃあ店長さんの管理監督運営責任はどこ行っちゃうんですかって話だよ。

「ってわけで、働く気になったら教えてよ」

折本はメニュー表で肩をとんとんと叩《たた》きながら言うと、由比ヶ浜が相槌《あいづち》を打つように笑った。

「あー、いやヒッキーは働かないかなぁ……。これ、あたしが見てただけだし」

「そーなんだ。あ、もし、ここでバイトする気あったら言ってよ、紹介するから」

「いや、今の話聞いて働くって言う奴いないだろ……」

「確かに！　それある！」

俺のふとした言葉に折本がけたけた笑う。なんだか中学の時にも折本とこんな感じの会話をしていたような気がする。

それが妙に懐かしく、それでも痛ましくはなかった。

パントリーへと向かう去り際、折本がくるっと振り返る。

「でも、真面目な話、今日みたいに暇な日結構あるからおすすめだよー」

だから、こいつさっきからずっとここいんのね……。それよか早くコーヒー持ってきてくんねぇかな。

バイトとしてならいざ知らず、お客の身としてはちゃんと働いてほしいと思う。じゃないと、こんな暇な店なら働いてもいいかなーとか思わず血迷っちゃうし。

×　×　×

ほどなくして、コーヒーと紅茶。そして、由比ヶ浜《ゆいがはま》が選んだカヌレだのモンブランだののスイーツが運ばれてきた。

「お待たせしましたー」

折本《おりもと》は慣れた手つきでそれらを並べ終えると、くるりとトレイを回して小脇に抱える。そして、冗談めかして仰々しく一礼し、ごゆっくり、と言い添えて去っていった。

テーブルには目にも鮮やかなスイーツの数々。甘いものはそれなりに好きな俺としては少しばかり心躍るアンコール鳴らす光景だ。

うきうきわくわくしながら、どれを食べようかなーと目移りしていると、そのスイーツの群れを、由比ヶ浜がざくざくフォークでぶった切った。

「はい、ヒッキー」

数種類の細切れスイーツが載った皿を渡される。

切られた箇所から血液みたいなチョコソースをどばどば垂れ流すフォンダンショコラ、押し潰《つぶ》された末に臓物みたいにこぼれ出るモンブラン、北斗神拳でもくらったのかってくらいに爆発四散しているシフォンケーキ……。

あ、あれー？　見た目も可愛《かわい》らしかったスイーツたちがちょっとグロテスクに見えるよぉ？

だが、親切心で取り分けてくれたのはわかるし、そんな良い笑顔で手渡されてしまうと文句も言いようがない。

「お、おう……、あ、ありがとう……」

礼を言いつつしぶしぶ受け取る。まぁ、これで不味くなるわけじゃなし。気にしないほうが良かろう。むしろ、こうした気遣いがより味を引き立てることもある。うん、ポジティブ。

「はい、ゆきのんも！」

「ありがとう。では、こちらもどうぞ」

言って、雪ノ下《ゆきのした》もフォークで切り分けたザッハトルテを由比ヶ浜の皿に載せる。そのザッハトルテは形も崩れず、断面も綺麗《きれい》なままだ。君たち、本当に同じ道具使ったの？

「……比企谷《ひきがや》くんも、甘いもの好きだったのよね」

はぁと小さなため息を吐《つ》くと、雪ノ下は俺の皿にも少し分けてくれた。

「おー、サンキュ」

「いえ。では、いただきましょうか」

ポットの紅茶を自分の分と由比ヶ浜の分、それぞれ注ぎ終えた雪ノ下が言う。それを合図に俺もフォークを手に取った。

むぐむぐケーキをいただきつつ、ときにコーヒーで口の中をリセットしつつ、さまざまな味を楽しんだ。ほーん、この店結構うまいな。

紅茶もスイーツもお気に召したらしく、雪ノ下はフォークを口に運んでは無言でうむうむと頷《うなず》いている。

由比ヶ浜《ゆいがはま》はそんな雪ノ下《ゆきのした》の姿を嬉しそうな瞳で見つめていたが、ふと思い出したように、タウンワークのページをひらりとめくった。

「っつーか、お前、ほんとにバイト探してんの？」

暇つぶしというには存外真剣な様子で読んでいるのが気にかかって問うと、由比ヶ浜はフォークを唇に当てて視線を泳がせた。

「え、えーっと……、今すぐってわけじゃないんだけど、もしかしたらちょっとそのうち必要になるかもなーとか考えてみたり……。もう一二月も終わりだし、……夏のときは何もできなかったし」

「ほお……」

なんじゃろ、夏休みお金がなくてあんまり遊べなかったのかしらねこの子。まぁ、由比ヶ浜は三浦《みうら》なんかと仲良しさんなわけで、となれば、冬は冬でいろいろ予定があるんだろう。スノボとかスケートとか、あとは……温泉とか？　なにそれ素敵。特典でそういうアニメを作るべきだと思いました。

まぁ、昔であれば千葉には屋内スキー場ザウスがあって、それこそ当時の若人たちはこぞって遊びに行ったそうだが、それも遥《はる》か過去の話だ。さらに太古の昔に遡れば、かつてその地には巨大迷路があったという……。

まぁ、とにかく今どきの千葉県の若人たちはスノボをしようと思ったらそれなりに遠出をしなければならず、そこそこ出費がかさむ。

友達多いと、遊ぶのにもお金がかかるから大変だよなぁ……。いや、たとえ一人であっても全力全開ガチのマジで本気出して遊ぼうと思ったらお金はいるんだけど。ようく考えよう、お金は大事だよ……。

などと、しみじみ思っていると、それまでもきゅもきゅケーキを食べていた雪ノ下が由比ヶ浜の手元のページに目を向ける。

「なにか気に入ったものは見つかったの？」

「うーん、微妙……」

由比ヶ浜は頰杖《ほおづえ》ついてため息を吐《つ》く。

「タウンワークじっと眺めてても、なかなか見つからんだろ。仕事ってのは足で見つけるもんだしな」

「それは何か意味が違う気がするけれど……。でも、文字情報だけだと実態はなかなか摑《つか》みづらいでしょうね」

「ああ、働いてる職場を実際に見てみるのが一番だな。忙しさ的に時給に見合わないとことかあるし」

俺と雪ノ下が言うと、由比ヶ浜はなるほどーと感心半分尊敬半分なキラキラした目でこっちを見てくる。

「……なんかヒッキーって、意外に経験豊富？」

「ふっ、まぁな。俺はかなりの数のバイトをバックレてるからな、相当の経験者だぞ。バイト先を見る目には自信がある」

「職場を逃亡している時点で見る目はまったくないように思えるのだけれど……。いったいどこを見ているのやら」

雪ノ下《ゆきのした》が呆《あき》れと軽蔑《けいべつ》の入り混じったため息を吐《つ》いた。

失礼な。何度も何度もバックレたからこそ眼力が養われ、今の働かないという結論に行きついたというのに。

人間、タイトルと表紙イラストとアニメ化決定の文字に何度も騙《だま》されて地雷を踏み、駄作を摑《つか》まされて、学んでいくものなのである。

おかげさまで今や俺も立派な地雷判定人だ。ここまで来るのに結構な時間がかかったもんだぜ……。

「いや、俺も最近になって見るべきポイントがわかってきたんだよ」

過去のバイト遍歴を思い出してしまい、しみじみとした口調で言うと、多少興味を持ったのか、雪ノ下はふむと小さく相槌《あいづち》を打って、話の続きを促《うなが》してくる。

「まず最初に見るべきポイントはあれだな、仕事中にバイト同士でくっちゃべってないか、とかだな」

　言うと、雪ノ下は少し驚いたような表情を見せた。

「あなたにしてはまともな意見ね。確かに、規則が乱れていたり、士気が低下している職場は問題も多く抱えがちだと思うし」

　雪ノ下は自分で言いながらうんうん頷《うなず》いてるけど、なんなのその視点。風紀委員長キャラだったの？

「うん。まぁ、士気とかは知らんが問題は確かにあるな」

　すると、由比ヶ浜《ゆいがはま》が首を捻《ひね》る。

「そうかなぁ。店員さん同士が仲良いって、結構いいことだと思うけど……」

「いや、それこそが問題なんだ。その仲の良さは所詮既存の人間関係だからな。そこへ新しく入っていく人間は馴染《なじ》みづらいに決まってるだろ。……少なくとも俺は絶対無理だ」

　俺がはっきり断言すると、向かいの雪ノ下がカップをソーサにことりと置く。そして、たっぷりためを作ってから顔を上げると、やたらめったらキリッとした表情で頷いた。

「それは私も無理ね」

「ゆきのんまで言葉が力強い!?」

　さすが雪ノ下！　こと対人関係においては時々俺以下の瞬間があるぜ！

　ご賛同いただけたおかげなのか、俺の記憶の扉が緩《ゆる》く開き始めて、嫌な思い出がぽろりぽろりとこぼれ出始める。

「しかも、その仲良しバイト集団はやたらめったらバイト内での交流を求めるからなぁ……。頼んでないのに歓迎会とか開くんだよ」

げんなりした気分で言うと、由比ヶ浜《ゆいがはま》は納得いかなそうにぶーぶーと口を尖《とが》らせた。

「えー、なんかそういうのいいじゃん。アットホームな雰囲気っていうかさぁ」

「お前な、アットホームな雰囲気っていうのは、究極の内輪ノリと同義語だぞ。新人そっちのけで一生自分らだけで楽しんでること多々あるんだぞ」

そこまで言ってから、俺は一度言葉を区切る。咳払《せきばら》いを二、三度してゆっくりと嚙《か》んで含めるように語りかけた。

「いいか、想像してみろ……。その歓迎会で自称おもしろ大学生の先輩から『なんか面白い話してよ』って言われる辛さを。断ればつまらない奴と蔑《さげす》まれ、すべれば超つまらない奴と罵られ、どうしたって詰んでしまう状況を。……それなのに、翌日、普通にバイトに行かねばならない地獄を。さぁ、想像してみるがいい……」

五輪開会式のジョン・レノンばりにイマジンイマジン連呼していると、由比ヶ浜の表情がだんだんと曇ってきた。

「ううっ、なんかあたしもバイトしたくなくなってきた……」

由比ヶ浜はどよーんとした空気をまといながら背中を丸める。うむうむ。ご理解いただけたようでよかった。

その由比ヶ浜の肩を、雪ノ下《ゆきのした》がぽんと励ますように叩《たた》いた。

「比企谷《ひきがや》くんの不安の煽り方はほとんど詐欺の常套手段のようなものだけれど、事前の調べが重要という点には賛成ね」

雪ノ下は得心いったように首肯《しゅこう》する。いやー、君のそれは納得というより、孤独体質ゆえの共感でしかないと思うのですが……、まぁ、言わんとすることは同じだし別にいいや。

俺と雪ノ下、二人から言われれば由比ヶ浜も思うところがあるのか、うむむと考え始める。

「そっかー。よく行く近所のお店で探してみようかな……」

「それはやめといたほうがいい」

「えー？　なんで？」

「普段よく行く店とか、バックレたら二度と行けなくなるからな。俺はバイトいくつかバックレたおかげで、自主的出入り禁止店が結構ある」

バックレというのはまさしく最悪の退職の仕方であろう。

バックレかますとお店が困るのももちろんだが、自分だって困るのだ。先の自主的出禁もそうだが、返しに行けていないユニフォームがたまってタンスや押し入れを圧迫してくるのも問題だ。最近ではクローゼットを開くたびに、響け！　ユニフォーム状態である。

バックレ、ダメ、絶対。ユニフォームの着払い返却もダメ、絶対。せめて元払いにしないとね！」

そんな話をすると、雪ノ下《ゆきのした》がこめかみのあたりをぐっと押さえて、深々とため息を吐《つ》いた。

「たまにあなたの私生活を聞くと、頭が痛くなってくるのよね……」

「あ、あはは……。あたしも、ヒッキーって時々すごくヒッキーだなって思う……」

さんざんな言われようだった。由比ヶ浜《ゆいがはま》に至っては何を言ってるのかさっぱりわからないのに、言わんとするところはこの上なく伝わってくる。そのガハマさんのドントシンクフィールな感じ、すごくガハマさんだなって思います。

そして、ゆきのんもやっぱりすごくゆきのん。

雪ノ下は目を伏せて唇を浅く噛《か》むと、くっと辛そうな吐息を漏らす。

「こんなことを言うのはとても悔しいけれど、あなた、やっぱり働くべきじゃないわね……」

諦められてしまった……。

認めるのと諦めるのって結構紙一重だなーなどと思っていると、由比ヶ浜が手の中でフォークを弄《もてあそ》びながら俺に咎《とが》めるような視線を向けてくる。

「ヒッキー、学校での仕事はなんだかんだ言いながらちゃんとやるのに……」

「あー……」

きっと由比ヶ浜は何の気なしに言ったのだろう。だが、俺は自分でも意外なくらいに言葉に詰まってしまった。

適当な間を埋めるだけの吐息を返しながら、俺は言うべき言葉を探す。

「……まぁそれはなんだ、バイトは簡単にやめられるけど、学校はそうほいほいやめられねぇからな。一応やることやんねぇと」

それらしい理由を見つけ出して、どうにかこうにか言い募《つの》った。

たぶん、本当はもっと別の理由があるのだ。

けれど、それを口に出してしまうのは、言葉で定義してしまうのは何か重大なまちがいのような気がした。

その理由や感情をぴったり正確に表わす言葉は未《いま》だ自分の中にはなく、意義づける端からずれていくように感じる。

だから嘘《うそ》のない範囲で自分が理解できる範疇《はんちゅう》の理由を挙げた。我《われ》ながらそれなりに納得のいく答えだ。

だというのに、なーんで由比ヶ浜さんはしらーっとした目つきでぼくを見ているのでしょうか……。

「……やー、バイトもほいほいやめられないと思うけど」

軽く引いたような口調で、由比ヶ浜はないないと手を左右に振る。そんなやり取りを見ていた雪ノ下がふっと微笑《ほほえ》むように息を吐いた。

「部活はともかく、あまりアルバイト先で一緒に働きたいタイプではないわね」

「あの、その言葉リボンを添えて返して差し上げたい気分なのですが……」

なんならリボンどころか熨斗《のし》つけるまである。

いや、雪ノ下《ゆきのした》のスペック自体は評価しているのだ。事務方裏方を任せるにはまったく申し分ないし、計画性も立案能力もある。案件によっては決断力も発揮する。ただ致命的なまでに生き方が不器用だからなぁ……。

一緒にバイトしたりなんかしたら、意識高い系バイトリーダー（フリーター。後に社員登用）あたりを言葉のナイフでざくざく刺し殺しそうで怖い。そんな職場でバイトしてたら胃が痛くなること請け合いだもん。

そんなさまざまな意味を込めて言った俺の言葉に、雪ノ下はいささかむっとしたのか、ふいっと顔を背けてしまう。

「もっとも一緒にアルバイトするという仮定が成立しえないけれど。……アルバイトは校則で禁止されているのだし」

「そんなん律儀に守ってる奴おらんだろ」

実際、俺も校則ガン無視でバイトしていたし、他の多くの生徒も同様だろう。

アルバイト禁止という校則を設けたところで、それがばれた時の罰則も特にないし、学校側がわざわざ調べたりもしていない。いわゆる暗黙の了解と化しているのだ。問題は問題にしなければ問題にはならない、の典型例だな。

「他人が校則を守っていないから、自分も守らなくていいという理由にはならないでしょう」

雪ノ下がぴしゃりと正論を言う。なんでしょうね、今飲んでる紅茶がセイロンだからなんですかね……。

しかし本来、正論というのは聞くものではない。

言うものである。

よって聞き流すことにした。ここが店内でなければぴゅぴ～♪と口笛の一つも吹いているところだ。

だが、意外なことに、由比ヶ浜《ゆいがはま》はその正論を聞き流さず、ばっちり真正面から受け止めていた。残っていたケーキをむぐむぐ食べてから、くるっとフォークを回す。

「あ、でも学校に許可取ればいいんじゃなかったっけ？」

「……まぁ、そうね」

まさか由比ヶ浜が真っ向から返してくるとは思わなかったのか、雪ノ下の言葉が若干濁る。

「けれど、でも、その、ええっと……。由比ヶ浜さんがアルバイトをする理由というのが曖昧《あい》味《まい》だし、学校側に申請するには厳しいように思えるわ。それに、部活動もあるわけだから生徒指導の平塚《ひらつか》先生がさすがに許可をするとは考えづらいし……」

雪ノ下は腕を組み、顎《あご》にそっと手をやると、困ったようにあれこれと言葉を重ねる。

その言い方と仕草を見てぴんときた。

どうやら由比ヶ浜《ゆいがはま》も同様だったらしい。雪ノ下《ゆきのした》の姿を見て、由比ヶ浜が耐えかねたようにくはあっと嘆息を漏らした。

そして、雪ノ下にひしっと抱き着く。

「だいじょぶだよ！　ゆきのん！　あたしは部活が一番大事だから！　ゆきのんに黙ってバイトとかしないよ！」

「別に、そういう意味で言ったわけでは……」

由比ヶ浜の腕の中で、雪ノ下が真っ赤な顔をして、ぽしょぽしょと小さな声で何か言っている。ほんと仲良いですね、君たち……。

けれど、雪ノ下の心情には多少共感する部分がある。もっとも、俺と彼女の考えていることは厳密には全然違うのだろうけれど。

俺も由比ヶ浜にあまり積極的にバイトをしてほしいとは思わない。まぁ、それが雪ノ下であっても同じように思うのだが。

雪ノ下は純粋に由比ヶ浜との時間を、あの部室での時間を愛おしく感じているから、由比ヶ浜のバイトに否定的なのだろう。

俺もそれに近い感情はある。

だが、決定的に違う。

俺は多分、知らないことが増えてしまうのが嫌なのだ。

悪い癖だな、と自分でも思う。全部知っておきたいだなんて、本当に気持ち悪い。

目の前の二人の仲睦まじい姿は並べられたデザートよりもよほど甘美に見えた。

暖房の効いた心地よいカフェのソファに座ってそれを眺めていると、ついつい微睡《まどろ》みたくなってしまう。

俺はせめてもの抵抗に、既に冷め切ってしまったブラックコーヒーを一息に飲み干した。

3

小さく密やかに、折本かおりは問いかける。

店を出たころにはすっかり陽が沈んでいた。思いのほか長居してしまい、お店はカフェタイムが終わってディナータイムに入っていた。

暗くなって、海へと吹いていく風は一層冷たさを増している。

駅までの道のりをゆっくりとした足取りで歩いていると、家路を急ぐ人たちとすれ違った。

振り返って彼らの後ろ姿をぼんやりと見つめていた由比ヶ浜《ゆいがはま》がふと口を開く。

「今年ももうすぐ終わりだねー」

その言葉に、横に並んだ雪ノ下《ゆきのした》がふと思い出したように呟《つぶや》いた。

「そうね。……そろそろ大掃除を終わらせないと」

「あ、あたし、今日手伝うよ！」

勢い良く手を挙げた由比ヶ浜に雪ノ下は微笑《ほほえ》みを返す。

「そう？　では、お願いするわ。……部室も多少は片付けないとね」

「確かにな……」

雪ノ下の言葉に思わず頷《うなず》いてしまった。

クリスマスやらなんやらの忙しさにかまけて、本格的な大掃除は結局やらずじまいだった。それどころか、一色《いっしき》によって押し付けられた荷物の山まである始末。今の部室はこれまでで一番荒れていると言っていい。

「んじゃ、学校始まったらまずは掃除だね」

「ええ」

ふんすっとやる気満々に拳《こぶし》を握る由比ヶ浜と対照的に、雪ノ下はいつものことと言わんばかりに涼しげな表情だ。

よくよく考えてみれば俺も由比ヶ浜も部室の掃除をした覚えというのがとんとない。だからおそらくはいつも雪ノ下が掃除をしているのだろう。

いつもすまないねぇありがたやーありがたやーと心の中で南無南無と拝んでいると、やがて、公園にほど近い交差点へと至る。

左に折れれば駅方面、右に曲がれば雪ノ下の住むマンションへと通じる道だ。雪ノ下がつっと右手側を指し示す。

「それじゃ、私たちはこっちだから」

「そうか、じゃあ俺飯食って帰るわ。またな」

応えて、雪ノ下たちとは逆方向へと一歩進んだ。

すると、背中からおーいと声をかけられる。振り返ると、交差点の先で由比ヶ浜が大きく手を振っていた。

「ヒッキー！　よいお年をー！」

「……ん、また来年」

軽く手を上げて、小声で返す。それ以上のことはさすがに気恥ずかしく、すぐに踵《きびす》を返すと、足早に駅へと向かった。

やけに冷たい風が頰《ほお》を撫《な》でてくる。そのせいで、耳まで赤くなっている気がして、マフラーをぐるぐると、いつもより余計に巻いておいた。

×　×　×

ラーメンは別腹。

というのは俺の言葉だが、甘いものをそれなりに食べても、夕食に選んだラーメンは無事ぺろりと完食した。

今はバス停で帰りのバスを待っている。

海浜幕張からうちに一番近い場所まで行ってくれるバスはそこまで本数が多いわけでもなく、一本逃してしまうとそれなりに待つことになる。

別に徒歩でも帰れないわけではないのだが、とぼとぼとしょぼくれて歩いてるそばをバスがぶーん（笑）と走っていくのを見送るときの切なさが辛い。

如何に年の瀬といえど、この社畜大国日本においては無論こんな時期でも働いている人は大勢いるわけで、夜の駅前にもお疲れさんな社畜さんの姿が多く見受けられる。

それはこのバス停においても同じだ。前に数人、後ろに数人並んでいるおかげで、風よけはばっちり。寒さに震《ふる》えることもなく、ぼーっと突っ立っていた。

すると、不意に自転車のベルが鳴った。

駅前といえど、夜の街にその音は響く。うるさいなーと顔をしかめていると、またベルが鳴る。それも、数度立て続けに。

ええい、うるさいのぉとちらっと牽制するような視線を向けると、見覚えのある人物が手を振っていた。

「無視とかウケるんだけど」

「……いや、ウケないから」

折本《おりもと》かおりは自転車に跨ったまま、地面につけた足をちょいちょい送りながらこちらにじりじり距離を詰めてきた。どうやらバイトをあがって帰るところらしく、その途中で見かけた俺に声をかけてきたのだろう。

「比企谷《ひきがや》、今帰り？」

「ああ」

短く答えると、折本《おりもと》はぽんぽんと自転車の荷台を叩《たた》く。

「乗ってけば？」

「いや、乗ってくとかないでしょ……。自転車だしそれ……。それに寒いし……」

言うと、折本はけろりとした顔で首を傾《かし》げた。

「だから、漕げばあったかくなるじゃん」

それ俺が漕ぐ前提じゃねぇか。てめぇ、女ぁ。何当たり前みたいな顔して言ってんだよ。と、舌打ちのひとつでもしてやろうかと思ったら、俺よりも先に他のところから舌打ちが聞こえてきた。

その方向をおそるおそる見る。

すると、ちょうどお仕事帰りっぽいサラリーマン（三四歳・男性・独身）らしき人が「なにイチャこいてんだ殺すぞガキ……」みたいなすごい表情でこっちを睨《にら》んでいた。ふえぇ……、社畜怖いよぅ……。

こうも威圧されてると、さすがに列を外れざるを得ない。このままここでだらだら話していると、他の人の迷惑になりかねないし……。

諦めて、ふらとバス停から離れ、折本に並ぶ。すると、折本は手袋を嵌めた手でぱふぱふと拍手し、自転車から降りた。

そして、ハンドルを俺に預けようとしてくる。

「じゃ、よろしくねー」

「いや、二人乗りはしないけど」

言うと、折本は不満全開といった様子で、うえーっと口を開いた。

「えー。……ま、いっかー。んじゃ、帰ろうぜー」

言うが早いか、折本は別に俺の返事を聞くこともなく、自転車を押してつったかつったか歩き出した。

振り返らず、勝手気ままに進んでいくその様は俺がついてくることを疑ってすらいないようだった。

そんな態度を取られればこっちとしてはおとなしく後に続くほかない。

こいつ、ほんと鬱陶《うっとう》しい……。

この自称サバサバ系サブカルクソ女感……。なのに、そのサバサバ加減がちょっとこっち向けられてると悪い気はしないというか勘違いして好きになっちゃうんですけど！　やめてください死んでしまいます。

こういう距離感困るよなぁ、と思いながらすたすた歩いていると、何か思い出したのか折本が急に手を打った。

「あ、ていうか、携帯変えたっしょ」

「あ、あー」

つい反射的にイエスともノーともつかない微妙な返事をしてしまったが、どちらかといえばYES。YES。YES。

過去の人間関係リセットしようと思うと、まずは携帯電話関係とかデジタル面から整備するからなぁ。だいたい変えたの一度や二度じゃないし。SNSもメッセージアプリもやってないので、携帯変えても、アプリゲーくらいしか引き継ぐものがない。

まぁ、俺がリセットするまでもなく、普通に向こうから切られてることもままあるんですけどね！

アドレス変えましたメールを送ると、「人間関係への淡い期待」を生贄にして、レベル6『メーラーデーモンの召喚』を召喚できちゃうんだよな。あれ、ほんと強すぎるから禁止カードにすべきだと思う。

しかしなんで急に携帯の話？　と半歩前を行く折本《おりもと》のくしゃっと緩《ゆる》くパーマのかかった髪を見ていると、その気配を察したわけでもないだろうが、折本が話し始める。

「クリスマスの後さー、同窓会っていうか、みんなでご飯食べたいねーみたいな話になって、一応連絡してみようかなーと思ったら送れなかったんだよねー」

「あ、そう……。いや、呼ばれても行かないけど」

「だよねー」

折本はそんな感じでいきなり話を振ってきては、ひとしきり一人で笑って満足する。

だが、俺たちの住む街へと向かう間、ずっと会話が続くわけもない。二、三の散発的なやり取りが交わされる他は沈黙の時間が続いた。

もっともやり取りと言っても、俺の発する言葉はたいていがああとかそうとかそうねとかそれあるとかばかりで、いずれにしろろくな会話ではない。

それでも折本が気にした様子はなく、そんな空気感も中学の頃とあまり変わりがないように思えた。

国道を越える大きな陸橋に差し掛かった時、不意に折本が振り返る。

「ていうか、どっちと付き合ってんの？」

からかうような声音《こわね》と、問うてくる表情はどこか面白がっているようだ。前に似たようなことを聞かれたことがあるだけに、俺のうんざり気味の声はするっと出てくる。

「いや付き合ってないから……」

「ふーん……」

すぐさま返した俺の答えに興味を失ったように、折本は再び前を向く。

二人分の足音と、自転車のタイヤがからからと回る音。そして、下の車道を勢いよく走り抜けていく自動車の音だけがする。

そこへ、もう一度。

小さく密《ひそ》やかに、折本《おりもと》の声が混じった。

「じゃあ、どっちが好きなの？」

さっきと似たような不意打ちの質問なのに。

今度は即答できなかった。

否定の言葉はすぐに出てきてくれず、喉の奥で息だけが絡みついている。

不意打ちというなら、俺の沈黙のほうがよっぽど不意打ちだったのかもしれない。

答えがなかったことをおかしく思ったのか、折本が不思議そうな顔で振り返る。だが、その表情はつい先ほども見た、どこか申し訳なさそうな笑顔に変わっていた。

「……まぁ、なんでもいいや」

そう呟《つぶや》いた言葉に俺はなんと返すべきだったのだろう。

本当はその前の言葉にこそ、答えなければならないはずなのに。

結局、俺は、ああとか、そうとか、そんなことしか言えなかった。

interlude

うっすらと香るベルガモットのルームフレグランスに、ふわりといつもの紅茶の香りが混じった。

今までに何回来たかなってわざわざ数えるのも面倒なくらい、っていうより、覚えてらんないくらい来ている彼女の家。

だから、あたしが座る場所も自然と決まってきていて、布張りのソファの端っこ、テレビが一番見やすい位置にすとんと腰を下ろして、ふかふかのクッションを抱きしめる。

「散らかっていてごめんなさい。大掃除の途中で」

「全然」

キッチンで紅茶の準備をしていた彼女のほうを振り向いて、気にしないでって軽く首を振って見せた。

や、ほんとまったく気にする必要ないっていうか、あたしが全然気にならないっていうか……。もっというと、そもそも全然散らかってないし……。

首を振ったついでにぐるっと部屋全体を見たけど……、これほんとに大掃除の途中？

……え？　あたし、手伝えることある？

ちょっとお姑《しゅうとめ》さんっぽく、つつーって指先でローテーブルを撫《な》でてみたけど、埃とか全然ないし……。

あえて言うなら、ちょっと雑に本が積まれているくらい。何の気なしに本の山をチラ見すると、『賢者の贈り物』とか『クリスマスキャロル』とかのなんか小説っぽいものとか、お菓子のレシピ本とかがあった。たぶん、こないだのクリスマスイベントのために使ったのを整理してる途中なんだと思う。

その中に、ひとつだけ鍵《かぎ》付きの本があった。

日記、つけてるんだ……。イメージぴったりだな。

なんて、思ってると、彼女が紅茶とお菓子をお盆に載せて運んでくる。

彼女はローテーブルの上にあったものをすっと横に避《よ》けると、マグカップとお皿を並べる。

大掃除の前に、一息入れるって感じかな……。

「ありがと」

お礼を言ってあたしはマグカップを手に取った。

部室の時みたいにちゃんとしたティーセットじゃなくて、ちょっと気を抜いたマグカップ。

初めてお家に来たときはめっちゃ気合い入った感じのティーセットが出てきたからぶっちゃけ戸惑ったけど、何回かしたらだいぶ気楽な感じになってきて、あたしにはそれが心地いい。

彼女も、あたしに頷《うなず》きを返すと、マグカップに口をつける。

そして、ほわっとため息をついて、ぽつりと呟《つぶや》いた。

「……同級生、だったのよね」

誰についてのことかなんてちゃんと言ったりしないけど、それでも何の話をしているのか、すぐにわかってしまった。

たぶん、あたしも彼女もずっと気にしていたことだから。

「あ、ね。結構仲良かったのかな。なんか、向こうからガンガン話しかけてるからちょっとびっくりしちゃった……」

今までにも彼の中学時代の思い出話を、ちょいちょいぽろぽろこぼれ聞くことはあった。けど、そこで聞いてた印象と、折本《おりもと》さんの態度はちょっとだけちぐはぐで、だからあたしはびっくりしたのかもしれない。

たぶん、折本さんからしたら、彼はまだ友達のまま。

けど、彼はどこか引き気味な、本当に久しぶりに会った同級生って感じで、ちょっと疎遠になってる感みたいな距離の開きがあった気がする。

だから、びっくりした。

彼にとって、昔の同級生ってこれくらいの距離感なんだって思ったから。

そう思ったら、心臓をつねられたみたいに、胸の奥がちょっとだけ痛かったから。

だから──。

「……うん、ちょっとびっくりしたかも」

ほとんど独り言みたいに、同じ言葉がこぼれ出た。

すると、彼女も小さく頷く。

「私も驚いた」

その呟きが少し意外で、あたしは彼女の顔をまじまじ見てしまう。いつも落ち着いてて冷静な、大人びた彼女の素直な感想ってちょっとレアかも……。

なんて、思ってたら、あたしと目が合った彼女は顎《あご》に手を添え、ほうっと感心したみたいに言う。

「比企谷《ひきがや》くんにわざわざ話しかける人なんて珍しいから……」

「あたしと驚きポイントが違う気がする……」

言うと、彼女はくすっと、冗談よって言う代わりに、いたずらっぽい微笑《ほほえ》みを浮かべる。そして、手元のマグカップに視線を落として、じっと水面を見つめた。そこに映る彼女の瞳にはもう笑《え》みは浮かんでなくて、ちょっと寂しげに見える。

「……けれど、珍しいだけで、いるにはいるのよね」

俯《うつむ》きがちな横顔からはいまいち表情が窺《うかが》えないけれど、声音《こわね》はいつもより幼い印象があって、なんだか抱きしめたくなる。

けど、あたしがソファの上を滑るより先に、彼女はぱっと顔を上げて、やけに呆《あき》れた感じの微苦笑を漏らした。

「本当に奇特というかなんというか……。一色《いっしき》さんも案外懐いているし……」

「あー……、うん。や、いろはちゃんはちょっと特殊な気もするけど……」

あの子はあの子で、どう思ってるのかわかりづらいんだよね……。何を考えてるのかはわかりやすいんだけど。だからまぁちょっと特殊。

彼女はこめかみに手を当てて、うんざりしたようなため息を吐《つ》いた。けど、口元はほんのり笑ってる。

「比企谷《ひきがや》くんもちょっと特殊なのよね……」

「それはそう。ほんとそう」

ついついめっちゃ深々頷《うなず》くあたし。

マジでそう。それすぎる。二人ともちょっと変わってるから、その分、相性良さそうみたいなことは感じる。

「なんか、気が合う？　みたいな感じだよね」

言うと、彼女はそっと唇を指先でなぞって、考え込む。

「気が合うというよりは、同病相憐《あいあわ》れむ……、いえ、同病相蔑《さげす》む？」

「病気、ではないような……」

そう言いはしたけど、あたしもちょっと自信がない。二人ともたぶん普通に健康なはず……。ちょっと変わっているかもだけど、全然個性の範囲……で済ませていいのかな。ちょっと自信ないけど。

あたしの言葉に彼女はふむふむ頷いて、もう一度、今度は大きくうんと頷く。

「となると、同じ穴の狢《むじな》、みたいなことかしら……」

「むじな?」

「アナグマやタヌキのこと。主にアナグマを指すようだけれど、時代や地方によって諸説あるわ」

「へー……」

あたしはほんほん頷いて相槌《あいづち》打ちながら、アナグマってなんだろ……、とか思ってた。聞いた感じ、熊っぽいけど、でもタヌキだっていうし……。

「関係ないけどタヌキ可愛《かわい》いよね」

ふと思いついたことをそのまま言うと、彼女はむぎゅっと眉《まゆ》と眉を近づけて、難しそうな顔をした。

「では、例えとしては不適当ね……。一色さんは可愛らしいけれど、彼は、ね……」

「言葉濁しすぎだから!」

なんかお葬式みたいなテンションで、彼女はそっと目を伏せて、静かに首を振っている。と、思ったら、ぱっと顔を上げて、すっごい優しげな微笑《ほほえ》みで、なんだか小さい子に言い聞かすみたいに続けた。

「この話、やめましょうか。本人がいないところで悪く言うのも気が引けるし。ね？」

「本人いてもダメだよほんとは！　ゆきのんもヒッキーももう麻痺ってるから別にいいけど！　ていうか、あたし、悪く言う気なかったんだけど!?」

悪く言っていいなら、あたしも結構そこそこ言いたいことあるけど！　っていうのは自分の中にぐっと収める。

でも、彼女は全然収める気がなくて、またなにか思いついたようにぱんって手を打つ。そして、ぴっと指を立てて、自信ありげに勝ち気な笑《え》みを浮かべた。

「あっ。では共犯者、とか？」

「犯罪者扱い!?　……でも、ちょっとしっくりくる気もする」

なんだかんだぶつぶつ文句を言いながらも、ちょっと楽しそうに振り回されている彼と、あの子がにっこにこで笑ってる姿は結構簡単にイメージ出来た。

けど、なぜかそこには爽《さわ》やかな感じがさっぱりしないから不思議。妙に後ろ暗い感じの言葉はあの二人にはまっている気がする。

ううぅ……って、あたしが唸《うな》っていると、彼女は肩にかかった長い黒髪をさらりと払って、ふふんって胸を張る。

「でしょ？」

なんて、得意げにドヤ顔されて、あたしは笑ってしまった。

彼の話をする時の彼女は生き生きしてるっていうか、お茶目っていうか、楽しそうっていうか、とにかくとんでもなく可愛《かわい》い。もともと綺麗《きれい》だし、可愛いけど、彼の話をする時の彼女が、一番可愛い。

本人にその自覚はないだろうけど……って思ってたら、やっぱり自覚なさそうに、彼女はふむと腕組みして、他人事《ひとごと》っぽい呟《つぶや》きをしてた。

「ちょっと変わった人に好かれやすいのかもね」

「うん。それは絶対そうだと思う」

あたしは力強く頷《うなず》いてしまう。

だって、めっちゃ思い当たる人が目の前にいるし……。って口に出して言うのはやめておくことにした。言ったら、むくれるだろうし……。

それに……。それに、あたしもたぶんちょっとくらいは変なんだろうし。

だって、こんな普通に、彼のことを話してるなんて、やっぱりなんか変な気がする。

なのに、あたしはそれが全然嫌じゃなくて。

それどころか、彼女とこういう話ができるのがちょっと嬉しいから、だからやっぱりちょっと変だ。

あたしも、彼女も、彼も、変。

あたしたちの関係にしっくりくる言葉があればいいけど、今はまだ心が伴ってないから、変でしかない。

いつまでこんな変な関係でいられるかわからないけど。

でも、クリスマスが終わるみたいに、今年が終わるみたいに、高校生活が終わるみたいに、いつか必ず終わってしまうから。

ただの同級生で終わらされて、過去になってしまうのは、想像するだけでちょっとつらいから。

だから、あたしはできることをやろうと思う。

どこかで諦めてしまうあたしたちには現状維持じゃきっと足りないから、ほんのちょっとずつでも距離を詰める。

学校とか部活とか仕事とかそういう理由がなくなっちゃっても大丈夫なように。

うん、よし、決めた。来年の目標決まり。忘れないように日記に書く。日記、続いたことないけど、来年から頑張る。

そのために、まずは――。

「あ、そういえばさ」

とんとんと彼女の肩を叩《たた》くと、彼女はきょとんとした顔でくてっと小首を傾《かし》げ、その大きな瞳だけで「なに?」って優しく聞いてくる。

あたしはちょっと腰を浮かせてソファを滑って、彼女の隣にぴったりくっついた。

「初詣《はつもうで》、どうしよっか」

4

今も昔も、折本かおりは変わらない。

夕方から夜にかけて、風は向かい風に変わっていた。

湾岸沿いの国道に架かる陸橋を越えて、なおも歩き続けている。

――じゃあ、どっちが好きなの？

あの問いかけ以来、言葉が交わされることはなく、ただただ無言のまま、俺たちはもう幾度となく通った覚えのある道を進んでいた。

なんでもいい、で済ませてもらえたのは本当に興味がなかったからだろうか。それとも、彼女なりの優しさなのだろうか。あるいは、それを問われた時の俺の表情があまりにも情けなくて、憐《あわ》れみをかけられたのかもしれない。

いずれにしても、その問いかけに答えるタイミングは逸してしまった。おそらくこれから先もそのことについて俺と彼女の間で何かを話すことはないだろう。

そもそも、問いかけてきた相手が誰であろうと、何か答えが変わったとは思えない。今の今までそんなことを問うてきた人間はいなかった。

ただ、身の内の化け物だけが時折、そっと囁《ささや》きかけてきただけだ。人の言葉ならいざ知らず、化け物の声になど耳を傾ける価値はない。

問われもしないことをくどくどと考え、わざわざ言葉にするだなんて、勘違いも甚だしく、自意識過剰と呼ぶのもおぞましい、そんな自分が気持ち悪くてたまらない。

それ故、いつも答えは出してこなかった。問いが成立しない中で出す答えなどまちがっているに決まっているから。

仮に、別の場所で別の時に別の人から問われても、未《いま》だ存在しない答えは口にしえない。きっと模糊《もこ》とした言葉で、声にならない声で、笑いも怒りもしない顔で、ああとかいやとか、そんな意味のない音を吐き出すだけだっただろう。

答えるべき機会は永久に失われていて、口にすべき答えは初めからありはしない。

だから口は引き結ばれて、風の冷たさに頰《ほお》は強張《こわば》ったまま。

それでも、帰るべきところに向けて、逃げるように足は進む。

傍《かたわ》らで、からからと自転車のタイヤが回っているのが、風の音に混じって聞こえてきていた。

ちらと横目で見やると、ちょうど対向車線のハイビームが彼女の横顔を照らす。

折本《おりもと》かおりはその光に眩《まぶ》しそうに目を細めると、すれ違う自動車を舌打ちせんばかりに煩《わずら》わしそうな視線で追った。

普段、気さくな折本のそういう表情は初めて見た気がする。

いや、もうほんと気さくだよね、この子。へいへい言いながら木を切るくらい気さく。それは与作なんだよなぁ……。

とはいうものの、折本《おりもと》かおりの本当の性格など俺が知るはずもない。別に俺と折本の関係性は深いわけでもないのだ。

ただの中学の同級生。

それも、先だっての再会がなければ、きっと二度と会うことはなかった程度のつながりでしかない。

もしかしたら、三年後の成人式や十数年後の同窓会でまた顔を合わせていたかもしれない。けれど、そもそも俺がそれらのイベントに出席する可能性はかなり低いからやっぱり会うことはなかっただろう。

例えば、偶然どこかで出会ったとしても、こうやって並んで歩くようなことにはならなかったと思う。

それがどうしてこんな状況になっているのか、よくわからない。

たまさか、偶然、運命の悪戯《いたずら》……。

しかし、どんな巡り合わせが働いたとしても、無駄に人との距離を詰めてしまうサバサバした折本でなければこうはならなかったはずだ。

だって、中学の同級生が俺を見かけても普通は声かけてこないからね！　ていうか、曲がりなりにも昔告られた相手だぞ、躊躇くらいするだろ……。なんなのこいつ、やっぱり普通じやない……。

少々戦慄《せんりつ》する思いで、折本の横顔をまじまじと見る。

すると、折本もその不躾な視線に気づいたのか、自転車を押しながら俺のほうを向くと、居心地悪そうに眉《まゆ》を顰《ひそ》める。

「なに？」

「あ、いや、別に。……なんか歩かせて悪いなと思っただけ」

じっくりと見てしまっていた気恥ずかしさも手伝って、そんな言い訳じみたことを口にすると、折本ははたと足を止め、手元のハンドルと俺とを見比べて、くすっと笑った。

「なんか比企谷《ひきがや》がそういうこと言うのウケるんだけど。そういうキャラだったっけ？」

言いながら、折本は口元を軽く押さえて忍び笑いを漏らす。俺もそれに苦みの混じる愛想笑いを返した。

取り繕って口にした気遣いめいた言葉は、折本が言うように、俺のキャラ、とはちょっと言い難い。

折本が俺の性格を充分に理解しているとは思わないが、それでも、さっきの言葉には不自然さがあって、やっぱり違和感は抱くものなのだろう。

少なくとも、中学の頃の俺ならそんな言葉は言わなかったはずだ。

体裁を整えることも、場を取り繕おうとすることも、何かを誤魔化すこともせずに、ただ沈黙を貫いていたのではないかと思う。

もちろん、ただ単に言うべき言葉が考えつかないから黙っているだけなのだが、それを「寡黙な俺カコイイ、ピーチクパーチク囀《さえず》る奴らカコワルイ」みたいな謎理論を心中で展開していたことだろう。

とはいえ、その脳内弁論大会を開いてしまう癖は未《いま》だに抜けず、咄嗟《とっさ》の時にはうまい言葉が出てこないのは相変わらずなのだが。

「やっぱ自転車乗る？」

生まれてしまった沈黙を埋めるように、折本《おりもと》が俺に自転車のハンドルを預けようとしてきた。

「いや、乗らないから……」

「でも、寒くない？」

「話繋《つな》がってねぇじゃねぇか……」

言うと、折本は胸の前でぐっと拳《こぶし》を握って見せ、不敵に笑う。

「だから、漕げばあったかくなるじゃん」

「それであったかくなるの俺だけなんだよなぁ……。なにそれ優しさなの？」

が、俺のぼやき声は折本相手にはどうしたって小さくなってしまう。

当然折本には届いていないようで、折本は一旦自転車を止めると、いよっと勢いつけて荷台部分に跨った。

そして、スタンバイ完了とばかりに、ぽんぽんとサドルを叩《たた》く。

折本は長くしなやかな脚をぴんと伸ばして、ハンドルを片手で支えるちょっと不安定な体勢になった。

いや、そういう姿勢、ほんとスカートの中が気になるのでやめてください。ポケモンいるのかな？　ってちょっと覗《のぞ》いてみたくなっちゃいます。

意外、というほどでもないのだが、折本の脚はきゅっと引き締まっていて、スカートから伸びる脚線美に一瞬気を取られそうになるのをどうにかぐいぐいっと視線を引きはがした。形の良いふくらはぎも見てないです。今度は嘘《うそ》じゃないっす。

そうやって、荷台やサドルから目を逸《そ》らせば、必然その視線はハンドルのほうへと向くことになる。

そのハンドルを俺に預けるように、折本はくいっと曲げて差し出してきた。

立ち止まったままじーっとそのハンドルを見つめること、しばし。

吹き抜けていく風の冷たさを感じて、ようやく踏ん切りがついた。

まぁ。わざわざ俺につき合わせて長いこと寒い夜道を歩かせてしまった負い目もある。

「じゃあ……」

言葉短かにそう言って、俺はハンドルを受け取り、サドルに跨る。

すると、足元に違和感があった。

サドル高ぇ……。

さっきまでは折本《おりもと》が手で押していたこともあって、自転車全体のフォルムは気にならなかったが、実際に乗ってみると、普段俺が乗っているママチャリよりもいくらかサドルの位置は上で、どうにも心許ない。

そんなに脚長かったのかしらこの子……。デルモさん的なグラビアとか撮ってたっけ？

ちらと見ると、俺から距離を取るようにやや身体を逸《そ》らした折本が、何かに気づいたようにはたと手を打った。

「あー、ごめん。ロードの癖でこっちもサドル上げちゃってるんだ。漕ぎづらかったら下げていいから」

「ほう、ロード……」

なんだろ、別になんでもないようなことが幸福だったと思ったりするのかな……。でも、こんなにサドル高いと、思わぬＴｏＬＯＶＥるにつながったりもしませんかね。

などと、不安に思いつつも、俺はペダルをぐっと踏み込んで、漕ぎ始めた。

素直に折本の言葉に従って、サドルを下げたい気持ちもないではないが、でも、俺だって男の子！　この程度のサドルの高さ、乗れないで「脚短いのウケるんだけど」とか言われたらさすがにちょっぴり傷ついちゃう！

男の子の意地も手伝い、自転車はぐいぐい速度を上げた。

踏み込む脚にも、ハンドルを支える手にも力が入る。うっすらと気配を感じる背中の筋肉も強張《こわば》っている感覚がある。

その背中に、緊張とは無縁そうな、呑気な声がかけられた。

「土日なんかだとよくロードで走りに行くんだけど、学校とかバイトの時は盗まれんの怖くてさー」

別に質問したわけでもないのだが、先ほどの俺のぼやきからなんとなく話の流れを読んだのか、折本はなんてことなさそうに言葉を続ける。

ふむ。どうやら、ロードとはロードバイクのことらしい。

察するに、お休みの時は普段使いのママチャリではなく、ロードバイクを乗り回してサイクリングしているのだろう。

……あー、こいつ、そういう趣味好きそう。

ロードバイクにデジタル一眼レフを付ければ休日のサバサバ系サブカルクソ女の標準装備って感じだ。たぶんサイクリングの時のお弁当はスムージーとオートミールだな。……我《われ》ながらすっごい偏見だと思いました。それにしてもオートミールの鳥の餌感は異常。

しかし、中学の時はそんな趣味があるとはまるで気づかなかったな。いや、そもそも俺が折本の何を知っているのかと聞かれたら何も答えられはしないのだが。

「……結構いろいろやってんだな」

言って、ちらと一瞬だけ首を後ろにめぐらせる。

折本《おりもと》は俺の肩や背中には手を触れず、サドルの根本を摑《つか》んで身体を支えているようだった。その上半身を俺が首を回しているほうへわずかに傾け、俺と目を合わせて答える。

「まぁねー。部活もやってないから暇だし」

「それでバイトしてんのか」

先ほどのあの店、海浜総合《かいひんそうごう》高校からほど近いカフェでの出来事を思い出しつつ、俺はまた前を向いて、しゃかしゃかと忙《せわ》しなくペダルを漕いだ。

「そうそう。お金のこともあるけど、あたし、他校に友達ほしくてさー。で、結構いろんなとこに顔出してるんだー」

折本の口ぶりからは、高校生活を楽しもうとしている姿勢が垣間見えた。

いるよなぁ、そういう横のつながり欲しがる人……。イケイケ高校生たちの他校との繫《つな》がりアピールは異常。

それが近くの高校だけにとどまらず、他の都道府県や大学生との交流を持ちたがるところまで行ってしまうともうやばい。何がやばいってマジやばい。

都内の有名私立進学校の鞄《かばん》や有名大学のロールバックを使いだしたりする。その手のアイテムは下手《へた》なブランド物のバッグより重要視されることもままあるようで、そうした人々にとっては、友達との繫がりもまさしく「ブランド」なんだろう。

着飾って誇って虚栄を張るという意味においては、意識高い系のカタカナビジネス用語を好んで使う姿勢と変わらない。

やっぱり玉縄《たまなわ》とかと親交あると自然と意識高い系になってくのかしらね……。彼らの好きなワードは「人脈」とか「巻き込む」とか「刺激し合う」とかだもんな……。

と思っていたのだが、後に続いて紡《つむ》がれた声のトーンにはあまり楽しげな様子もなく、いくらか沈んだように聞こえた。

「だから、友達になれるかなーと思ったんだけど……」

どこか自嘲《じちょう》気味な響きを持った声音《こわね》は真正面から吹きつける風にもまぎれることはなく、はっきりと耳に届く。

肩口から覗《のぞ》いた先で折本と目が合った。すると、それまでぼーっとした瞳で街並みを眺めていたが、あははと誤魔化すように笑って見せた。

「……あたし、あんま好かれてないのかもね」

そう言って、折本は照れ隠しでもするかのように、緩《ゆる》くパーマのかかった髪をくしゃりと撫《な》でた。

彼女が、誰を指してそう言っているのか、類推するまでもなくわかる。今日のカフェでの一幕を思い返せばすぐに答えには行きつくのだ。

しきりにあれこれと話しかけ、壁を取り払おうと努めて砕けた態度で接する折本の姿は正しく友達になろうとするそれだったと思う。

たぶん、折本《おりもと》にとっての友達はブランドではなくて、もっと違う意味合いを持っている気がする。

そも、大昔のことを振り返れば、中学の時に俺のような奴にさえ声をかけてきた女子だ。とてもじゃないがブランド志向が強かったら俺に声をかけたりはしまい。

……いや、『日陰者にも優しい私』を演出するため、と考えられなくもないが、少なくとも、先ほどの傷ついた微笑《ほほえ》みを見てしまうと、そんなことを言う気にはなれなかった。

「まぁ、慣れだろ慣れ」

寂しげな面差しから目を逸《そ》らして、俺はそう言った。

俺にもう少しまともな対人スキルがあれば、他校に友達が欲しいという彼女の願いは簡単に叶《かな》えられただろう。なんだか申し訳なくなってくる。

そんな思いは声音《こわね》にも滲《にじ》んでいたのだろうか、折本はふっと呆《あき》れたような優しいため息を短く吐《つ》く。

「そうかなー?」

からかうような口調で言うと、折本はいきなり身体を前に倒す。そして、秘密めかして、こそっと小さな声で囁《ささや》いた。

「比企谷《ひきがや》が原因なのかも、って思ってたんだけど」

詰められた距離、肩に添えられた小さな手。

思わず体のバランスが崩れる。その拍子に歩道の縁石にタイヤががつっとぶつかった。瞬間、ずんとした衝撃が車体を走る。

と、折本が軽い悲鳴を上げて、お尻のあたりをさすさす擦りながらじとっとした視線を向けてくる。

「いったぁ……。なにやってんの。ウケるんだけど」

「悪い……。いや、全然ウケてる様子ないんだけど……。あの、ごめんなさい……」

言葉とは裏腹に、睨《にら》むような目で見られて反射的に謝ってしまう。いや、今のは１００％俺が悪いんだけど。

だって、びっくりしたんだもん……。

一瞬、お互いの顔が接近したことが相当心臓に負担をかけた。

けれど、何より折本が口にした言葉が心に負担をかけた。

再び自転車を漕ぐ体勢を整えて、ぐっと力強くペダルを踏み込みながらも、思考はずっと上の空で言われたことの意味をあれやこれやと想像してしまう。

それはさっき、答えることのできなかった問いかけにも似て、何度試しても、結局は解無ししか導き出すことができない。

それでも、一番確度の高そうなものを選んで、口にした。

「ていうか、誰が原因っていうよりあれだろ、玉縄《たまなわ》のおかげでさんざんな目に遭ってるからあんま良い印象ないだけなんじゃねぇの」

「あー、それある！　あの時、やばかったもんねー！」

あのクリスマス合同イベントのことは俺も折本《おりもと》も記憶に新しい。俺史においてもなかなかハードな出来事だったのだが、その実感は折本も同様であったようだ。

しかし、喉元過ぎればなんとやら。

荷台に腰掛けた折本は、あの時のことを思い出しているのか、超楽しそうにけらけらと笑っている。

あ、あの、そうやって後ろで足ぶらぶらして背中ぱんぱん叩《たた》かれると、ちょっとバランス崩れて危ないいんですけど……。

つい今しがたのように、歩道の縁石にぶつからないよう、なお一層慎重に自転車を漕いでいると、折本はひとりしきり笑って気が済んだのか、ふーっと満足げなため息を吐《つ》く。

そして、存外晴れやかな声で言った。

「……でも、会長も慣れると結構面白いし、いい人なんだけどねー」

で、でたー。枕詞に「いい人なんだけどね」って使われ奴ー。

それ、逆接ついちゃってる時点で、絶対いい人じゃないんだよなぁ……。

わざわざ逆接つけちゃうくらいなら最初からちゃんと全否定しろっつーの。これは例えばの話だけど、「比企谷《ひきがや》は優しくて好きだけど、……ちょっと付き合えないなぁ」とか言われたらかなり意味わかんないでしょ？　意味わかんなかったぞマジで。

「ねぇ、比企谷んちってどっち方面だっけ」

「線路沿いのほう」

出し抜けに聞かれたことに端的に答えると、折本がちょいちょいと指先で肩を突いてくる。それだけでぞわぞわしたものが背筋を走り、ぴくんと肩が跳ねそうになった。

それをどうにかこうにか堪《こら》えながら軽く振り返ると、折本はつっと次の交差点を指差した。

「じゃ、そこ曲がろうよ」

こともなげに言って指した方向は線路沿い、俺の家へと続く道だ。

折本の家まで送らされるものとばかり思っていたので、つい首を捻《ひね》ってしまった。

「でもお前んちそっちじゃないだろ」

「え？　なんでうち知ってんの？　ウケんだけど」

折本はさもおかしげに笑って言ったが、俺のほうはそうはいかない。真冬もいいところだというのに背中はもう冷や汗ダラダラである。

っべーー！　これやっちまったでしょー！　っと叫びだしそうになるのを必死に堪えて、へどもどした口調でどうにかこうにか言い訳を紡《つむ》いだ。

「え？　いや、ほら人から聞いたりするじゃん……。そういうなに、偶然ね？　ほら、そういうことあるでしょ……」

「あー。それある？　かなぁ？」

折本《おりもと》はしきりに首を捻《ひね》っている。いかん、この話を追及されると、非常に具合が悪い。

「あるある。あんま細かいこと気にすんなよ」

言うと、折本はまだうーんと唸《うな》っていたが、疑問は飲み込むことにしたらしい。「まいっか」と小さく呟《つぶや》いた。

ひゅー！　さすがサバサバ系っぽい雰囲気出してるだけのことあるぅー！　サバサバ系っぽい女性に「細かい」とか「めんどくさい」って言うと、うまく話を逸《そ》らすことができるよ！　みんなも試してみてね！

などと、誤魔化してみたものの、一難去ってまた一難、ぶっちゃけありえないのが世の習いである。

折本が思いもかけぬことを言い出しよった。

「ていうかさ、あたし、自転車ですぐ帰れるし、比企谷《ひきがや》んち送ってってあげるよ」

「いや、別にそういうのいいんだけど……。ていうか結局漕ぐの俺だし……」

「いいじゃんいいじゃん」

言いながら折本は急《せ》かすように、ぽんぽんと気安く背中を叩《たた》いてくる。

俺んちまで自転車漕がされるなんて御免こうむりたいところなのだが、先ほど交わされた会話が足枷《あしかせ》となってしまい、なかなか断りづらい。

このまま折本の家まで送っていこうとすれば、なぜ俺が折本の家を知っているのかという話が蒸し返されてしまう可能性も充分にある。

そうすると、迷惑防止条例で俺がしょっ引かれかねない……。

ここはツッコまれる前にさっさと帰るべきだね！

「じゃあ、お言葉に甘えて……」

言って、俺はハンドルを交差点、線路沿いに続く道へと向けた。

……いやー、昔の俺殺してやりてーなー。

冷静に考えて、教えられてもいないのに家の場所知ってるとか気持ち悪い以外の何物でもないじゃん……。普通に犯罪だし、執行猶予つかないやつでしょ……。

男子、なんで好きな子の家を探し出してしまうん？

中学生はだいたい、部活の終わる時間見計らって買い物に出て、わざわざ中学の前を通り、あわよくば送っていこうとしたりするよね……。それある！

小学生の頃なんて、犬の散歩コースにかこつけて、好きな子の家の近所を歩き回って偶然を装《よそお》って出会おうとしたよね！　ウケる！　それある！

しかも、その下心が女子のほうにはバレバレで、キモいとかストガ谷《や》とか陰で言われたりするよね！　それある！

……あるよね？　ないですかね？　ないかー。

×　×　×

交差点を過ぎてから、道なりにしばらく進めば俺の家へと行き当たる。

玄関の前で自転車を止めると、折本《おりもと》が我が家の外観をしげしげと眺めまわした。

「へー、比企谷《ひきがや》んちってここなんだー」

「ああ、まぁ、見ての通りだけど……」

答えて、自転車を降りる。そして、折本にハンドルをあけ渡す。すると、折本はいよっと勢いつけて荷台から降り、今度はサドルに跨った。アクティブな動きはスカートにも連動していて、いや、ほんと暗くてよかった。これが明るかったらまじまじと動きを目で追ってしまうところだったぜ……。

まぁ、しかし実際のところ既に結構な暗さだ。冬至を過ぎたとはいえ、日が延びるにはまだまだ長い時がかかる。

夜もふけ始め、ぼちぼちいい時間だな、とばかりに折本に視線をやった。だが、折本は自転車に跨ったまま、特に走り出す様子もない。

どころか、自転車に乗った体勢でひょいと首を巡らせて、玄関前にある俺の自転車を見ていた。

「比企谷ってチャリ通でしょ？　ここから総武《そうぶ》高って行くの結構大変じゃない？」

「別に慣れたらそうでもねぇな。途中、信号もないから早いし」

何の気なさそうに言われた言葉に素直に返す。すると、折本は納得したように頷《うなず》いた。

「あー、サイクリングコース通ってるもんねー。あたしも土日はよく使ってるけど」

さすがに地元民。このあたりの地理には詳しい。

俺の通う総武高校までの道のりには川沿いに長く続くサイクリングコースがあり、そこは自動車が走ることもなく、安全かつ快適に自転車で走ることができる。

川の下流へ向けて走れば海へと至り、逆に上流へ向けて走れば印旛沼《いんばぬま》へ、さらに進めば佐倉《さくら》あたりまでつながっていたはずだ。昨今の流行もあって、最近はロードバイク乗りの姿をよく見かけるようになった。

折本も土日はそこを走ったりするのだろう。

などと、思っていると、折本がはたと手を打った。

「じゃあさ、比企谷もロード買えばよくない？」

「いや、買わないし高いし……。ていうか、盗まれるって話してたのお前だろ……。学校行くのに使えねぇよ……」

「ほんとそれ」

言いながら、何がおかしいのか折本《おりもと》は口元を押さえてくすくすと笑う。

夜の静かな住宅街にあって、そのひそやかな笑い声は不思議と気分を高揚させる。

修学旅行の夜や深夜の公園で話すような、秘密めかした雰囲気のおかげで、なんてことないことを話していても、つい笑《え》みがこぼれてしまう。

高校に入ってしばらく経ったくらいの頃は、俺の住む街のいろんなところで、似たような光景を目にしていた気がする。

夕暮れから夜にかけて、元同級生たちが違う制服に身を包み、コンビニや誰かの家の前で自転車に跨ったままなんとなく、近況報告や思い出話をする。

そんな姿を四月や五月の頃には時折見かけることがあった。

傍目《はため》から見る限りでは、新しい生活の中で期待に満ち溢《あふ》れた者もいれば、うまくなじめずにしきりに昔を懐かしむ者もいて、それはさながら、プチ同窓会といった様子だったのを覚えている。

その場では思い出補正や物珍しさも手伝ってか、既存のグループや人間関係ではなく、ただ同窓生であるということだけで、話をしていたように見受けられた。

友達紹介してよ～だの、合コンしようよ～みたいなクソみたいな会話が繰り広げられていたことだろう。なめとんのか、はよ家帰れ。

あれらは新生活マジックとでも呼ぶべきものだったのだろう。あの、高校に入りたての頃だからこそ成立していたのだと思う。

その一連の流れを目にするたびに、俺は全力でペダルを踏み込み、別のルートで帰ったりしたものだ。

だが、まさかその流れが今になって、二年近く遅れて俺のもとにもやってくるとは思いもしなかった。

もしかすると、ここからわらわらまた誰か、他の同級生に会ってしまうんじゃないかとちょっとひやひやしている。折本は本人の社交性もあって、俺にも割りと普通に話しかけてくるが、他の連中はまた少し違うだろう。

彼らと会話をしないことはまったくもって構わないのだが、中には、やたらに気を遣い「そっちはどうよ最近？」といったふうにわざわざ話を振ってくる優しい人もいたりするのである。

そうなると、さぁ大変！

話を振られたところで俺は絶対うまいことを返せず、場を沈黙が支配し、世界からは微笑《ほほえ》みが消え、小鳥は歌うことを忘れ、闇に包まれるのだ……。いや、それは言い過ぎだけど。

端的に、かつ正確に、その後の展開を予想するのであれば。

その声をかけてきてくれた優しい人が「なんでお前、あいつに話振るんだよ……、盛り下がんだろ？」みたいに責められるまである。

そんなの想像しただけで心が痛むぜ！

となれば、こっちは地蔵タイム安定である。あまりの地蔵っぷりにお供え物どころか笠までもらえちゃうかもしれん。

などと、嫌な想像をしながら、折本《おりもと》と二言三言みぴょこぴょこ合わせてぴょこぴょこ五言ぴょこくらい会話をしていた。

すると、遠巻きにこちらを見てくる視線を感じる。

すわ同級生かとびくびくしながら、そちらを見やる。と、向こうさんも恐る恐るといった感じでじりじりとこちらに寄ってくる。

一歩進むごとに一房、垂らされた髪がぴょこんと跳ねる。その特徴的な髪の毛は見紛《みまが》うはずもなく、我が妹のものである。

「……小町《こまち》か」

小声でそう呼ばわると、向こうも反応を示し、ぴょこぴょこと髪を跳ねさせながらこちらへ歩み寄ってきた。

「あ、なんだ、やっぱりお兄ちゃんだった……」

街灯に照らされて、互いの姿を確認すると、小町がほうっと小さな胸を撫《な》で下ろす。うむ、この胸は間違いなく小町だ。なんだこの気持ち悪い判別方法は。

小町を見て、折本がおおっと声をあげる。

「妹ちゃんだー。……だよね？」

言ってはみたものの、あまり自信はなかったのか、俺へと首を巡らせてきた。

「そうだけど……」

「だよね、めっちゃ見覚えある。ていうか、マジ似てなくてウケるんだけど」

余計なお世話だ……。なんで笑ってんだこの野郎……。まぁ、小町が俺に似ず、可愛《かわい》いというのは喜ばしいことでもあるからあえて文句は口にしないけどネ！

小町は俺の隣までやってくると、ぺこぺこと社畜サラリーマンよろしく、忙《せわ》しないお辞儀《じぎ》を繰り返す。

「あ、どーもどーも。兄がいつもお世話になってますー」

「いいえー、こちらこそー」

折本も折本で適当な挨拶《あいさつ》を返してきた。

それにニコニコとした微笑《ほほえ》みを向けながらも、特に会話が広がる様子もなく、小町はぴったり俺の横についたままである。

その様子にはてと首を捻《ひね》る。

いつもの小町なら、年上の女子相手であっても物怖じせずにあれこれ話しかけていたはずだが、今日はどうにもおとなしい。

人見知りするような子ではないと思っていたが、そうでもないのかしら……。それともお兄ちゃんを他の女の子に渡すのが嫌で俺の傍を離れないのかしら……。おいおい、後者ならなかなかやるじゃねぇか妹よ。それ小町《こまち》的にポイント高い！

折本《おりもと》は小町にとって中学の先輩にあたるのだが、直接の面識はないようだ。まぁ、部活が同じであったりしない限りはなかなか接点もないだろう。多少の距離感なり壁なりがあるのは考えてみれば当たり前のことだ。

ちょっと見かけた知人の妹、あるいは兄の知人という微妙な間柄だけでは会話が弾みようもない。

それは、今、小町の後ろからやってきた一人の中学生男子を例にとってみれば非常にわかりやすい。

「お兄さん、こんばんはっす！」

夜の住宅街には似つかわしくない、やたらとはきはきした元気のいい声。街灯に照らされるのは青みがかった黒髪短髪。顔の造作は姉に似てそれなりにいい。そう、川なんとかさんの弟である。

この少年は妹の知人、知人の弟に該当するのだが、俺と彼の間で特に会話が弾むようなこともない。それを思えば、小町が折本に少々よそよそしく感じるのも無理からぬことだろう。

「お兄さんって呼ぶんじゃねぇよ。誰だよ」

「了解っす！　お兄さん！　川崎大志《かわさきたいし》っす！」

大志はガッツポーズして答えてくる。なんだよその絶好調中畑清《なかはたきよし》ですみたいなポーズは……。ていうか、全然わかってねぇじゃねぇか……。お兄さんって呼ぶんじゃねぇよ……。

ほんの一言会話しただけなのに、結構な疲れが押し寄せてくる。

するとﾞ、俺と大志のやり取りを傍で見ていた折本が、にひっと楽しげに笑って小町にこそっと話しかける。

「なに、彼氏？」

「いえ友達ですよ」

ニコニコとした微笑《ほほえ》みを崩すことなく、極めて冷静にゆっくり落ち着いた声音《こわね》で小町が言うと、視界の隅っこにいた大志がかくっと肩を落としていた。

どうにも会話の弾まないペアがツーペアそろってしまうと、完ッ全にフルハウスね！　なんとはなしに四人とも順繰りに顔を見合わせ、その場を沈黙が支配する。特に誰が口を開くこともなく、「で、この後どうすんの？」みたいな空気の読み合いが発生していた。

その空気を壊すように、折本がかしっとペダルに足を乗せた。

「んじゃ、あたし、そろそろ帰るねー」

さばさばとした感じで言う姿があまりに自然で、つい反応が遅れてしまった。折本の何とも思っていなさそうな態度は一見するとわかりづらいが、動き出せずにいた俺たちへの彼女なりの気遣いなのだろう。

「あ、ああ。あー、サンキュな」

途中、俺が自転車を漕いでいたせいですっかり忘れていたが、一応折本《おりもと》は俺を家まで送ってくれたことになる。

いろいろな意味を含めての礼を言うと、折本は最初、は？　とわかっていなさそうな表情をしていたが、次第に思い至ったのかあっけらかんと笑う。

「あー、気にしなくていいよ別に。あ、ていうかバイト。マジでアレなら紹介するから」

「いらんから……」

「あはは、じゃーね」

「ああ、気をつけてな」

最後に余計なひと言つけて、折本は大きく手を振ると、颯爽《さっそう》と自転車を漕ぎだした。それに小町《こまち》がぺこりと頭を下げ、俺も軽く手を上げて見送る。

街灯の光が届かないところへと進んでいくのを見届けて、俺は小町に向き直る。さて、俺たちも家に入ろう。

と、思ったその瞬間、すげーとかなんとか呟《つぶや》きながら、俺にきらきらとした眼差《まなざ》しを向けている少年がいた。

「お兄さん、今の彼女っすか？」

「誰だよてめーはいきなり現れて好き勝手言ってんじゃねーぞ」

「さっきからいたっす！　川崎大志《かわさきたいし》っす！」

夜の住宅街に、悲痛な叫びが響く。

なんだよこいつ近所迷惑だな。で、誰。

5

ある意味、**川崎大志**は大物である。

川崎大志《かわさきたいし》。

川なんとかさんこと、俺のクラスメイト川崎沙希《さき》の弟である。

ついでに言えば、小町《こまち》と同い年で、同じ進学塾へ行っている。

ただ、同じ塾、という言い方からもわかるように、中学自体は別の中学に通っているのだ。

学区で言うのであれば、隣の学区にあたる。

無論、通塾可能範囲内だけあって、それなりにうちからも近い距離に住んではいるようなのだが、塾の場所を起点にすると、うちと川崎家では反対方向だ。

川崎大志が塾からどんなルートで帰宅するにしても、わざわざ比企谷《ひきがや》家に寄るのは回り道でしかなく、普通に考えれば大志がここに現れるのはおかしな話なのである。

しかし、方角が逆だろうか距離が遠かろうが、そんな問題はいずれも些細《ささい》なこと。

川崎大志がここにいることに何の不思議もありはしない。

なぜなら、中学生男子は好きな子の後を追いかけて、その子の家の場所を探してしまうものだから！　ソースは俺。

ほんと中学生男子って気持ち悪いなぁ昔の俺殴りたいなぁと思いながら、大志を見やると、大志はなにやら小町と話し込んでいた。

が、小町が大志のことを気持ち悪がっていないところを見ると、どうやら小町の許可を得てここまでやってきたらしい。

二人の会話が途切れた瞬間を見計らって、小町に声をかける。

「なに、一緒に帰ってきたの？」

「うん。なんか自習してたら帰り一緒になったから」

なるほど……。

わざわざ小町が帰るのを待ってたんだろうなぁ。結構遅い時間になってはいるが、それでも頑張って待ったのだろう。健気だ。あみんだってそんな待たねぇぞ。……いや、あみんならそれくらい待つな。

そんなユーミンばりのまちぶせをかました大志のガッツに感心すると同時に、ややドン引きしてしまった。

と、小町がくいくいと俺の袖《そで》を引っ張ってくる。

「大志くん、お兄ちゃんに相談あるんだって」

「ほう……」

別に単なる下心だけで小町を待っていたというわけではないのか。

いったい何の相談じゃろと大志《たいし》を見る。

するると、大志はこほんこほんとわざとらしく咳払《せきばら》いをし、真面目くさって俺に向き直った。

「お兄さん、ちょっと話いいっすか」

「駄目だ。お兄さんって呼ぶんじゃねえ。だいたいお前誰だ」

「いや、俺も引き下がれないっす、川崎《かわさき》大志っす」

言いながらずいっと一歩、俺のほうへと踏み出してくる。や、やだ、そんな積極的に迫られたらあたし、断れない……。

などと、少女漫画のヒロイン気分を味わっている場合ではない。

大志に真正面から見つめられてしまい、なぜだかこっちが視線を逸《そ》らす羽目になってしまった。野生の世界ならこの時点で俺の敗北が決定している。

「……なんだよ相談って」

仕方なく聞いてやると、大志はかくっと大げさに肩を落として見せる。

「受験のことなんすけど、……面接があるじゃないっすか」

「あー、あったな、そんなの」

言われて自分の記憶を掘り出してみると、確か俺も高校受験したとき、一日目は筆記試験で二日目に集団面接を課されていたような気がする。

懐かしさについ感慨深くなってしまったが、はたと気になった。

「小町《こまち》、お前は面接大丈夫なのか」

「うん、小町はダメもとで推薦受けた時に、模擬面接よくやったから」

「はぁ、模擬面接ねぇ」

さすが進学塾。推薦入試への対策もちゃんとしているらしい。まぁ、小町は推薦入試では落ちてるんですけどね……。

とはいえ、それはそもそも通知表の数字が足りていなかったから仕方ないことだ。

この比企谷《ひきがや》家の最終コミュニケーション兵器がたかだか一般入試の面接ごときで躓《つまず》くはずもない。筆記さえうまくいけばなんとかなる、はず……、お兄ちゃん信じてる！

かくいう俺は高校受験の時は一般入試、筆記試験一発勝負のことしか頭になく、二日目の面接なんかは適当にやり過ごしてしまった気がする。

筆記試験の直後に自己採点してみた結果、これなら合格ですわ、勝ったな！　ガハハ！　と余裕ぶっこいてリラックスしていたのが面接での勝因かもしれない。

もっとも、そんな腑抜けた状態で面接を受けていたがために、何を聞かれたかなどはさっぱり覚えていないのだが。

それくらい緩《ゆる》い気持ちで臨んでも特に問題があるわけではないのだが、悩める受験生にとってはこんな些細《ささい》なことでも気になって仕方がないものらしい。

「俺、面接とかやったことないんでマジ不安なんすよー」

大志《たいし》は憂鬱《ゆううつ》そうに言う。

だが、それは杞憂というものであろう。

推薦入試であれば、多少答弁内容に左右されこそすれ、一般入試における面接などスクリーニング程度の意味合いでしかなく、よほどのことがない限りは筆記試験の結果のほうが重要視される、と個人的には思っている。

ぶっちゃけ、どんなに面接で好感触であっても、筆記の点数が足りてなければ合格のしようがない。それが、高校入試というものだ。

そのあたりのことを噛《か》んで含むように言い聞かせる。

「別に一般受験の面接なんて大したこと聞かれねぇよ。ていうか、お前の姉ちゃんに聞きゃいいだろ……」

「なあに言ってんすか、俺の姉ちゃんが面接得意なわけないじゃないっすかー」

大志は自分の姉を馬鹿にしくさった様子でげらげら笑う。

お前殴られるぞ……。いや、それはマジ納得なんだけどね？　川崎《かわさき》、面接とか超不得手っぽいもんな。

ぱっと見、ヤンキー娘っぽいから礼儀正しいかと思いきや、川崎は見た目がちょっち怖くて口下手《べた》なだけで、中身は普通にいい子なのである。

しっかし、ヤンキーや不良は実は礼儀正しくて偉いとか誰が言い出したんだろうね。あれって彼らは自分のコミュニティ内での順位づけに敏感って意味でしかなくて、エサくれる相手にだけ尻尾振ってるおバカなワンちゃんを偉いでちゅねー可愛《かわい》いでしゅねーって褒《ほ》めてるのと何も変わらないと思うんだけど。

どう考えても、真面目に生きてる俺のほうが仏血義理《ぶっちぎり》に礼儀正しくて偉いんで、そこんとこ夜・露・死・苦！

だいたいその手の謎理論を唱えた奴、ヤンキーの本場である千葉と千葉のヤンキー舐《な》めてんだろ。あの連中、普通に軽犯罪やらかすやらかし集団でしかねぇぞ。俺は中学の頃、千葉のナンパ通りでカツアゲにあって500円取られたこと未《いま》だに根に持ってるからな……。

「まぁ、姉ちゃんはあれなんで、聞けんのお兄さんくらいしかいないんすよ！」

「ほーん……」

大志はどこか姉を小馬鹿にしたように言うが、こいつの姉は極度のブラコンであり、かつ弟の大志も姉を心配して奉仕部に依頼したくらいだ。察するに、不安がっている姿を姉に見せたくないが、誰かに相談はしたい、とかそんなところだろう。

ふむ、そう考えればちょっとは真面目に相談を聞いてやろうかという気にもなる。

そう思った矢先、大志がまたもやごふんげふんと咳払《せきばら》いした。

「ちょっと話長くなっちゃいますかね。もしあれなら場所とか考えたほうがいいっすかね」

言いながら、ちらっちらっちらちらちらっと玄関のほうへ視線をやっていた。

……こいつ、もしや、遠まわしに家に上げてほしいと言っているのか。だが、残念だったな！　俺は小町《こまち》の生活空間によく知らん男を招き入れたりはしないのだ！

「まぁ、そうな……」

言いながら、俺は大志《たいし》の視線を遮《さえぎ》るように、玄関のドアにどかっと寄りかかった。それでも大志は興味深そうに比企谷《ひきがや》邸をじっと見ている。

決して家の敷居を跨がせまいとする俺。

入れてほしそうにちらっと玄関を見る大志。

お互いの視線が交錯する中、小町がニコニコ微笑《ほほえ》みながら口を開いた。

「まぁ、うちは今散らかってるから、行くなら駅前のモスとかがいいと思うよ。小町は行かないけど。寒いし」

言われて、大志が頰《ほお》を引き攣《つ》らせた。

「あ。あー、そうっすよねー。寒いっすよねー」

大志はなははと乾いた笑い声を出す。うーん、そのニッコリ笑顔でざっくり斬る感じ、我が妹ながら恐ろしい……。ちょっと大志が可哀想《かわいそう》に思えてきちゃったぞ。

だが、兄としてはここで追い打ちをかけずにはいられないのである。

「そんなに寒いなら今度にするか」

「いや、よく考えたらそんな寒くもないい気するっす！　なんで、お兄さん、よろしくお願いいします！」

　俺が言うと、大志は鼻を擦《こす》ってニッと笑って見せる。ほほう、なかなかやるじゃないか、小僧……。ここで寒いと言ってしまえば帰らざるをえなくなるからな。多少夜風が身に染みても、無理をしちゃう男心、わからんではないぞ。

　その男気に免じて、今日のところは小町の兄という看板を下ろし、素直に話を聞いてやろう。

「まぁ、手短にで良ければ付き合ってやるよ。なんかあれだろ、模擬面接的なこととしてアドバイスすればいいんだろ」

「はい、それでお願いします！」

　大志は元気よく返事をする。うん、まぁ、ぶっちゃけこの元気の良さがあればそれだけで一般入試の面接なんて余裕で通ると思うけど……。

　まぁ、いいや。アドバイスくれって言われてるし、ここは真剣に向き合うのが礼儀というものだろう。俺は襟元《えりもと》を正すと、きりっとした表情を作って、大志を睨《にら》み据える。

「では、まずは志望動機を聞かせてもらおう」

　俺の眼差《まなざ》しから真摯《しんし》さを感じ取ったのか、大志はやや緊張したようにこくりと喉を鳴らし、ゆっくりと答え始める。

「はい。姉が貴校に通っていることもあり、身近な学校であったことや文武両道という校風や姉の話を聞いて感じた学校の雰囲気が自分にぴったりだと思い、貴校を志望しました」

慎重、かつ丁寧《ていねい》に話しているためか、大志《たいし》の言葉は淀《よど》みなく、すらすらと出てきた。

俺はそれを聞いてうんうん頷《うなず》き、にっこりと微笑《ほほえ》みながら面接官として至極《しごく》当然の返答をする。

「噛《か》まずに良く言えたねー、練習通りに言えた？」

言った瞬間、冷たい風が吹き抜けていった。

大志は言葉を失って口をあんぐりと開けている。片や、小町《こまち》は俺の傍《かたわ》らでないないとばかりにゆっくり首を振っている。

「う、うわー。お兄ちゃん、最悪だなぁ……」

「違うぞ。俺が最悪なんじゃない。こういうこと言う面接官、ほんとにいるんだからな」

ほんとにいる。マジでいる。さしもの俺もこの圧迫面接をくらったバイトは受かった後に、心挫けてそのまますみやかにバックレたレベル。

けれど、大志は挫けない。

「も、もう一回やらせてください！」

オナシャスとばかりに勢いよく頭を下げた。いや、そんなこんな適当な模擬面接に本気になられても……。と一瞬引きかけたが、ここで引いたら男がすたる。

男がプライドをかなぐり捨てて、頭を下げているのだ。

なら、俺だってそれに真剣に応えて、さっきよりもさらに圧迫しなくちゃ！

「まぁ、いいけど……。んじゃ、やるか。……それでは志望動機を聞かせてください」

再度問うと、大志はすーはーすーはー大きく深呼吸をし、

「はい……。私は大学進学を視野に入れており、そのため貴校の学校案内を読んだり、貴校に通う姉の話を聞いたりして考えた結果、貴校の教育プログラムが自分が成長していくのに最適と考え、この学校を志望しました」

貴校貴校うっせぇな、なんなのプライドの高い貴族系ヒロインなの？　そのうち「くっ、殺せ！」とか言い出すんじゃないの？　とか、考えながらも、俺は瞑目《めいもく》して、大志が述べる志望動機に一語一語耳を澄ませる。

やがて、ふーっというため息が聞こえる。それで大志が言うべきことをすべて言い終えたのだとわかった。

ゆっくりと瞼《まぶた》を開き、その眼差《まなざ》しでもって大志を見据える。俺と目が合うと、大志がびくっと怯《おび》えたように肩を震《ふる》わせた。

それを安心させるようににっこりと微笑んでやる。おもむろに腕を組んでうんうんと頷いて見せると、大志がほっと胸を撫《な》で下ろした。

その瞬間を見計らって、俺はやや大げさに首を捻《ひね》る。

「うーん、君さっき成長したいって言ってたけどさー、それってうちの職場でやることかなー？　うちは君を育てる義務ないんだけど？」

ねちっこく、つま先からつむじまで舐《な》めるような視線を大志《たいし》に向けて、そう言った。すると、またしても沈黙の間に冷たい風が吹き抜けていく。

そして、たっぷり数秒経った後、ようやく硬直状態から脱した大志がおそるおそるという具合に口を開いた。

「あ、あの、職場じゃないんすけど……」

「学校！　学校だからお兄ちゃん！　育てる義務あるから！」

小町《こまち》も、俺の正気を確かめるように目の前でぶんぶんとしきりに大きく腕を振って否定しにかかる。

二人にこうも言われてしまうと、さしもの俺とて、今しがたの自分の発言を振り返る気にもなるというものだ。何かおかしなこと言ったかしら……と、振り返ってみると今もさっきもやっぱりおかしかったね！

「そうか……。バイトで受けた面接を参考にするとやっぱりちょっと違うか……」

「お兄さん、どんな職場で働こうとしてたんすか……」

反省の弁を口にしていると、大志がげっそりした表情で俺を見てくる。いや、そういうこと平気で言ってくる採用担当って意外にいるのよ？

ともあれ、俺がこのなんちゃって模擬面接のために、わざわざあんな嫌ぁな面接官の記憶を引っ張り出してきたのにはわけがある。

「まぁ、あれだな、最悪のケースを知っておくと、多少気は楽になるだろ？」

ふっと、俺がキメ顔で言うと、小町が露骨に顔を顰《しか》めた。

「いやいやいや最悪っていうか劣悪だよ。小町、お兄ちゃんが働きたくないって言いだす理由、ちょっとわかっちゃったもん。あんなの理解できちゃうとかもうほんと最悪」

うえーっと心底嫌そうに小町は言う。う、うーん……。小町ちゃん？　その言い方だと、お兄ちゃんの気持ちが理解できちゃって最悪って言ってるように聞こえるよ？　それともそう言ってるのかなー？　これはそう言ってるな……。

小町ちゃんてば本当は俺のことが嫌いなんじゃなかろうか……と疑いの眼差《まなざ》しを向けていると、その視界の隅っこで、大志がぶつくさぼやいていた。

「なんか余計、自信なくなってきたっす……」

さっきの模擬面接がよほど不安を駆り立てたのだろうか、大志はずーんと沈んだ表情をし、肩もかっくり落ちてしまっている。

「大丈夫だろ。入試の面接官はみんな基本優しいし」

ちょっと脅かしすぎて逆効果になってしまったのだろうかと、少し心配になり、そんなことを言うと、大志がぱっと顔を上げた。

「そ、そうなんすか？」

その表情は救いを求める者のそれだ。さすがにここで追い打ちをかけてどん底へ叩《たた》き落とすほど俺の性格は悪くない。大志《たいし》は小町《こまち》に近づく毒虫というマイナス要因を持ってはいるものの、本人の気質としてはいい子の部類に入るし、何より姉が怖いというプラス要因もある。それプラス要因か？　いや、まぁ妹が可愛《かわい》いというのはプラス要因だな。

なので、もろもろ査定してみた結果、大志を励ますことにした。だって、ほら、こいつの姉ちゃん怖いし……、俺に脅されたとか告げ口されたら困る！

「まぁ、入試で圧迫面接なんてしたら保護者からクレームつけられちゃうからな。だから、面接する先生たちはみんな優しいと思うぞ」

「理由が世知辛いなぁ……」

小町が世の無常を嘆くような声音《こわね》で呟《つぶや》く。まぁ、世の中そんなものである。ふえぇ……、クレーム怖いよぅ……となるのが、働く人々だ。当然、そうした面倒事に巻き込まれないように心掛けるものだ。

「とにかく、でかい声出してはきはきしゃべってりゃいいんだよ、それだけで合格だ」

仕切り直そうと一度咳払《せきばら》いをして、向き直ってそう言うと大志は半信半疑といった様子で俺を見る。

「マジっすか。そんな簡単でいいんすか？」

「いいんだよ。面接に通るコツは無駄にでかい声と、シフトたくさん入れますアピールだ」

「いや、高校にシフトはないけど……」

小町が呆《あき》れたように言う。

ああ、いかん。またつい、『バイト戦士バックラー』だったころの癖が出てしまった……。

説明しよう！　『バイト戦士バックラー』とは、面接の時についついシフトたくさん入れますと適当な大嘘《うそ》ぶっこいた結果、仕事に慣れて職場の戦力となった頃合いぐらいに、有言実行とばかりに死ぬほどシフトを入れられてしまい、辛くなってそのままバックレ、後日、一応給料が振り込まれていることを確認してほっと胸を撫《な》で下ろす存在のことである！　この説明、丸ごと全部いらねぇな。

我がことながら、相変わらず人にろくなことを教えない奴だなぁなどと思って、ちょっと反省しかけたのだが、意外なことに、大志には効果があったらしい。

さっきまでほとんど死んでいた目が今はキラキラとし、若さと希望に満ち溢《あふ》れていた。

「でも、なんかちょっと気が楽になってきたっす！」

単純、あるいは素直と呼ぶべきなのだろう。そんな大志の態度の変わりように知らず苦笑が漏れる。ついでに、優しい言葉もまろび出てしまう。こんなサービス、滅多にしないんだからね！

「あんま構えず、気楽にやれよ。たぶんあの面接って落とすための面接じゃねぇし。単なる確認みたいなもんだ」

一般入試における面接など質問も回答も予定調和なものだ。

志望動機を聞かれたら、校風に合っていると思ったと答え、自分はどんな人間だと思うかと聞かれたら潤滑油のような人間と答えておけばいい。

それにしても、自称・潤滑油を名乗る就活生の多さは異常。企業は歯車をこそ求めていることに気づいたほうがいいと思う。油ばっかり入ってきても仕事回んねぇだろ。うちの親父のような歯車社畜こそ企業を動かす力なのである。社畜万歳。

面接以外のことでも言えることだが、いつも用意していた言葉や答えなんて、だいたいが心にもない、嘘《うそ》っぱちばかりだ。

そんなもので人の価値を測ろうなんてできるはずもなく、それは面接する側だってわかっていることだろう。

だから、どんな飾りたてた言葉よりも、その人の態度や話し方、そうしたものに注目をするのだ。

それを考えれば、でかい声ではきはきしゃべる、という行為は言語コミュニケーションのようで、その実、非言語コミュニケーションと言えるかもしれない。

一説によれば人のコミュニケーションのうち、言語による部分は三割程度と聞く。残りの七割は非言語的なコミュニケーションによって成り立っているのだ。

仮に面接試験の配点を100点満点と仮定した場合に、おどおどした態度と小さな声で最高の回答をしても、30点の評価しか得られないということになる。……ならない？　ちょっと算数よくわかんねぇな！

　ともあれ、この川崎大志《かわさきたいし》という、明るく元気で素直な少年であれば面接に関して心配はいるまい。

　だが、一点。気になる部分があるはある。

　俺はげふんげふんと咳払《せきばら》いをしてから、ずびしっと大志を指差す。

「ただし、その『っす』っていう適当な敬語はやめろ。ちゃんと敬語使え」

「だいじょぶっす！　こういう話し方するのお兄さん相手の時だけっす！」

　大志はぐっと拳《こぶし》を握って見せて、笑顔を向けてきた。……え？　ひょっとして俺、尊敬されて、ない？　ていうか舐《な》められてますねこれ……。

　真面目に励ましたりアドバイスして損した気分になったので、しっしっとばかりに大志を手で追い払う。

「じゃ、こんなもんでいいな。帰れ。早く帰れ」

「はい！　あざーっす！」

　が、大志は俺の態度に気にした様子もなく、勢いよくがばっと頭を下げてお辞儀《じぎ》してくる。うん、まぁ、ちゃんと御礼は言えるみたいだし、さっきのことは不問にしてやるか……。我《われ》ながらチョロい。とんだチョロインですよ、八幡《はちまん》くんたら。

　とか思っていると、すっと頭を上げた大志がぴっと指を一本立て、こそっと声を潜めて俺に問いかけてくる。

「あ、あと、もう一ついいっすか？　ちょっと聞きたいことがあるんすけど……」

「まだなんかあんのかよ……」

なんだよ右京さんかよこいつ……。ようやく終わったかと油断したところに核心突いた質問ブッこんでこようとするなんて、そんな手には乗らないぞ。

「うちの高校のことならお前の姉ちゃんに聞けっつーの」

辟易しながら言うと、大志《たいし》は先ほどよりもよっぽど深刻そうな表情と、切れ切れの声で口を開いた。

「姉ちゃんには、聞けないっす……」

大志の絞り出したような声からは懊悩《おうのう》が見て取れ、その聞きたいこととやらはかなりの重大事であるかのような雰囲気が漂っている。

その空気を敏感に察して気を遣ったのか、はたまた面倒事に巻き込まれるのを嫌ったのか、小町《こまち》はふむと頷《うなず》く。

「じゃあ、小町寒いから戻ってるね！　大志くん送ってくれてありがとー！　……お兄ちゃん、ちゃんと相談乗ってあげてね。小町からのお願いだよ？」

言いながらも、すぐさまドアノブに手を掛ける。素早く鍵《かぎ》を開けると、ひょいっと玄関の内側へと入ってしまった。

「じゃ、大志《たいし》くん頑張ってね！」

ドアから顔を出して小さく手を振る。そのにこやかな微笑《ほほえ》みとあざとい仕草は我が妹ながらべらぼうに可愛《かわい》らしく、また、我が妹ながらでたらめに胡散臭い。やっぱり面倒くさそうだと思って逃げたんだろうなぁ……。

と、思っていると、騙《だま》されている哀れな男子が一人いた。

「比企谷《ひきがや》さん、優しい……」

小町《こまち》が消え、後に残るのは固く閉ざされた扉だけ。

だというのに、大志はそれをうっとりとした表情でいつまでも見つめている。

いやいやいやいや、あれは優しいんじゃなくて、俺たちの相手するのに飽きて、あとは俺に丸投げしてってただけだぞ。

ほんと、我が妹ながらなんだあいつ……。

×　×　×

冬の寒空の下、てくてくと歩いていく。

小町が家へと消えた今、別に無理して大志の相手をしてやる必要もなかったのだが、あれだけ深刻そうな様子で相談事を持ち込まれてしまった以上、はいさよならよ、とはなかなかいかないものだ。

さりとて、あんまり長い時間、家の前でたむろしているのもご近所さんの視線が痛く、かといって男子中学生と二人でどこぞのお店へしけこむというのもなんだか解せない。

そんなわけで、コンビニへ行くついでに、川崎《かわさき》大志を途中まで送る道すがら、話を聞いてやることにした。

澄んだ星空と等間隔に並んだ街灯。すれ違う車のヘッドライトに、住宅街から漏れ出てくる家々の灯《あか》り。

時間帯の割りには存外明るい道を進みながら、俺と大志はだらだら歩いていた。

やがて、一軒のコンビニが見えてくる。

比企谷家と川崎家、両家のおおよそ中間地点に位置する場所だ。いや、川崎の家の正確な位置は知らないけど。

そのコンビニに入って、適当に缶コーヒーを見繕って二本買って、すぐにまた外へと出る。

「ほれ」

俺が出てくるのを待っていた大志に、うち一本を放り投げる。すると、大志はおっとっととお手玉しながらもなんとか受け止める。ナイスキャッチ。

「あ、いくらっすか」

言いながら、大志がポッケに手を突っ込んで財布《さいふ》を取り出そうとした。それに軽く手を払うジェスチャーでもって答える。

「いいよ別にこれくらい」

「マジっすか。ありがとうございます」

大志《たいし》はまたぞろ素直に頭を下げると、ちょっと嬉しそうにその缶コーヒーを開けた。俺も同じくタブを開ける。

そして、どちらともなく、コンビニの駐車場の端へしゃがみこんだ。

今や100円玉だけでは買えなくなってしまった温もり、熱い缶コーヒーを握りしめて、ちびちび飲みつつ、身体を温める。

そうしていると、口も多少滑らかになるのか、大志がほーっと白い息を吐いてから、おもむろに「さっきの話なんすけど……」と切り出した。

どんな話をするやらとちらっと視線を向けると、大志は至って真面目な表情で言った。

「お兄さん、高校入ってどうやったらモテんすか」

聞いた瞬間、えほっと思わず、むせてしまう。コーヒーが気管に入ってしまったのか、そのまましばらくえふえふ咳き込んでいると、だいじょぶっすかーと大志が俺の背中をとんとん叩《たた》いてきた。

傍目《はため》には、いつもすまないねぇそれは言わない約束でしょおとっつぁんみたいなやりとりに見えたかもしれないが、俺の心中はそんな穏やかなものではない。

ようやく落ち着いてきたところで、大志を軽く睨《にら》む。

「いや、知らねぇよ。別にモテねぇし」

「嘘《うそ》っす！　ぜってぇ嘘っす！　今日も女の人と一緒にいたじゃないっすか！」

瞬間、大志が顔を真っ赤にして即座にがーっと反論してきた。どうやら折本《おりもと》のことを言っているらしい。

「あれは帰り偶然出会っただけだ。なに？　お前の中では一緒にいたらそれだけで好かれてるってことになるの？」

その論法だと今一緒にいる俺と大志も好き合ってることになっちゃって、腐ッ腐ッ腐ッという腐敵な笑《え》みがこぼれてエビエビした雰囲気が漂ってきちゃうエビ？

などと、ここにはいないはずの海老名《えびな》さんの影に怯《おび》えながらそんなことを言うと、大志は至《し》極《ごく》真剣な表情で何やら考え始める。

「……ならないっすね」

極めて冷静な声で大志は答えた。

うん、そうだ。男の子はな、そうやって大きくなっていくんだよ……。すでに自分が通った道だからだろうか、どこか余裕を込めて俺も大志の言葉に返す。

「だろ？　だいたい一緒にいるだけで付き合ってるとか言ったら、俺は小町《こまち》と一緒にいる奴を片っ端から始末しないといけなくなる」

ぎゅっと手の中の缶コーヒーを握ると、思いのほか、力がこもりすぎていたのか、スチール缶がわずかにへこむ。それを見た大志《たいし》がぎょっとする。

「お兄さん、怖いっす！」

今の話の流れで俺をお兄さんって呼ぶってなかなかハートが強えな、こいつ……。呆《あき》れるのを通り越して、ちょっと尊敬である。まぁ、そもそもさっきのどうしたらモテるかなんて質問を臆面もなくしてくるあたりも結構な強心臓ではある。

とはいえ、受験勉強真っ只中、一般入試待ったなしの今の時期に、口にする質問としてはいささか不適当な気はする。もし、現実逃避の一環としてそんなことを終始考えているのであれば、あんまりよろしい状況ではない。

俺にも覚えがある。忙しかったりきつかったりすると、「はぁ、アイドルになりてぇ……」とか「俺、将来プロ野球選手になる」とか急に言い出すんだよね！　やだ、そんなふうになったら大志くんが心配！　お姉ちゃんにぼこぼこにされちゃう！

「ていうか、なんでそんな質問すんだよ」

なので、聞いてみました。

だが、俺の心配は杞憂どころか、てんで的外れなようで、大志はきょとんとした顔で首を捻《ひね》る。それから、うーんとちょっと考えるような間を取った。

「いやー、なんて言うんすかね、モチベーションって言うんすかね？　高校で楽しいことあるってわかったらやる気になるじゃないすか」

　ふむ、言われてみれば一応の筋は通っているように聞こえる。だが、えてして膨《ふく》らませすぎた期待は、それこそ負債にも似て、のちのち自分を押し潰《つぶ》しかねないものだ。

　ここはあえて、その夢を叩《たた》き潰しておくべきだな！　これも優しさ！

「入学前に想像してたことなんて一つも叶《かな》わねぇぞ」

　言うと、大志は少々口をとがらせて、怪訝《けげん》な視線を俺に向ける。

「……そうっすか？」

「ああ、思ってたのとは全然ちげぇよ」

　言いながら、自分の声にいささかの実感がこもってしまっていることに気づいた。

　だが、一度口に出した言葉が戻るわけもなく、どころか、ぽろりぽろりとなお一層の実感を伴って、言葉は転び出てくる。

「……まぁ、別に違ってても、全然いいんだけどな」

　そんなことを言ってしまうと、しばしの沈黙があった。

　向かいの道路を走る自動車の音や、漏れ聞こえてくるコンビニの店内ＢＧＭ。そんなものがやたら耳につく。そのうち、ふっとどこか満足げなため息が聞こえた。

「なんか、やる気出てきたっす」

「は？　なんで？」

大志《たいし》は立ち上がってコートの尻のあたりをぱんぱんとはたくと、俺のほうを向く。

「いや、なんとなくっすけど」

そして、バッグを背負い直して、コートの襟元《えりもと》をちょいちょいと正した。

「じゃあ、俺入学したら、さっきの件、そっこーで相談行きますから！　そんときは改めて、よろしくお願いしたいっす！」

相も変わらず、素直なお辞儀《じぎ》。それについ苦み走った笑いが漏れる。

来年、四月、新入学、新学期、新学年。

それは今の状態とは明らかに違うことを示す言葉だ。

どれも、これからたかだか三、四か月のうちに起こる出来事に過ぎないけれど、そこには僅かな経過と確かな変化があって、いずれあえかな終わりが来る。

「……まぁ、あればな」

「何がっすか？」

ふと口を衝いて出た言葉に、大志がきょとんとした顔で問い返してくる。それに、ちょっとばかりのシンキングタイムを経て、俺が用意した別の答えは滑らかに出てきた。

「お前の姉ちゃんの許可だよ。勝手に変なこと教えると超怒られそうだし」

言うと、大志は高めの声でけたけた笑う。

「それは……、そうっすね！」

「まぁ、入学したら話くらい聞いてやる」

「うっす！　俺頑張るっす！　お兄さん、ありがとうございます！」

「お兄さんって呼ぶな。早く先輩って呼べるようになれよ」

言うと、大志はぽかーんとしていた。

が、やがてその呆けた瞳に光が戻り、キラキラと輝き始める。

「うわ、なんすか今のそれ超かっけぇ！　マジ憧れるっす！　今の話、姉ちゃんにもしていいっすか!?　そしたら姉ちゃんも許可くれると思うんすよね」

「うるせ、やめろ、ふざけんなやめろ。ほんとやめろ。帰れ、早く帰れ」

あまりの恥ずかしさにまくし立てると大志はにっと楽しげに笑う。その笑顔のせいで余計に恥ずかしい。

しっしっと追い払うように手を振ると、大志はぴゅーと逃げるように、駆け出していく。

そして、向かいの歩道へと渡って、俺から充分に距離をとると一礼した。

「じゃ、ありがとうございました！　比企谷《ひきがや》先輩！」

大きな声でそう言うと、大志は颯爽《さっそう》と家へ向かって歩いていく。

「……気がはぇぇよ」

遠ざかる背中を見送って、そんなエールを送ってみた。

6

何があっても、比企谷小町はお兄ちゃんを認めている。

川崎大志《かわさきたいし》を見送ってのち、しばらくの間、コンビニの中をぷらぷらしていた。

年の瀬の空気そのままに、お菓子のつめられた赤い長靴と子供向けアニメキャラがパッケージにプリントされたシャンメリーなんかが半額コーナーにひっそりと追いやられていた。代わりに、店内のいたるところで年越しそばやおせちの予約を促《うなが》す紅白入り混じったおめでたい色使いのチラシが貼られている。

レジ前に出された平台には、おせちのサンプルダミーパッケージが並び、その隣にミニ門松飾りがちょこんと立っていた。

さらに、お弁当コーナーではカレーが置いてある横に「おせちもいいけどカレーもね！」というベタなセリフ込みの手描きイラストＰＯＰも貼られる念の入りよう。どうやら店員さんのお手製らしい。

こういうとき、絵が描けるバイトの酷使のされ方は異常。新商品やイベントごとがあるたびに新しいＰＯＰ見かけるけど、酷使無双にもほどがあるでしょ。いや、本部からノルマの通達が来てるだろうから、コンビニさんサイドも必死なんだろうけど……。

この年末年始が過ぎれば、次は節分での恵方巻・恵方ロールの予約取りが待っていて、そのすぐあとにバレンタインデー用の展開が控えているのがコンビニ業界だ。なんだよ、恵方ロールって……。

これまでに何度も見慣れた光景ではあるが、クリスマスを過ぎてからの忙《せわ》しなさにはどうも慣れない。

目に映る景色ばかりがみるみるうちに変わっていき、変わることのない日常を送る自分との差が広がっていくように感じる。

さりとて、時の流れに逆らうこともできない。また今年も来年もぬるぬるゆるゆる過ごして、気づけば春になっているのだろう。

泣いても笑っても、今年は残すところあと数日。

そして、今年度が終わるまでに三か月。

世間が慌ただしいときにのんびりすることこそはある意味最上の贅沢といえよう。昔から言うもんな。じたばーたすーるなよ年度末がくーるぜって。いや、それ世紀末だったな。フハハ！　お前も蠟人形《ろうにんぎよう》にしてやろうか！

などと、愉快なことを考えながら一人くっくっくっと笑っていると、他のお客さんから奇異な目で見られたので、ふらふらとまた店内を移動する。

雑誌コーナーを一通り流し見した後、お菓子やカップ麵の棚、そしてドリンクの棚を見る。

定番どころの商材に加えて、年末年始ムードに乗っかりガワだけ変えたマイナーチェンジ商品、そして、冬季限定を謳《うた》った新商品がひしめきあっていた。

冬季限定といえば……と考えつつ、俺はアイスコーナーへと足を向ける。

目指すは雪見だいふくだ。

ありがたいことに今はもう通年販売となっているが、かつては冬季のみの販売だった。今でも冬に食べるものというイメージが俺の中には根強く残っている。

どうせなら小町《こまち》の分も買ってやるか……。今頃、炬燵《こたつ》でぬくぬくしてちょうどアイスが食べたいとか思っていることだろう。

なんて考えつつ、ひょいっと籠へ放り込む。

冬のアイスといえば、やっぱりこれだね雪見だいふく。きっと雪見だいふくを擬人化すると色白巨乳もち肌和服美人に違いない。わかる、俺にはわかる。マリーンズが好きな俺にはわかるのだ。

WE　LOVE　マリーンズ！　いつも応援しています！

×　　×　　×

会計を終えて、コンビニ袋をぶらぶらさせながら、家路を急いだ。

まぁ、冬なのでアイスが溶けるような心配はないのだが、肌を刺すような冷たい風が吹いているると、脚は自然とせかせか動く。

我が家につくと、家の中は静かなもので階段をとっとっと歩いていく俺の足音もなんだか大きく聞こえる。

昼頃に母親が言っていたように、今日も両親揃《そろ》って帰りは遅いようだ。

リビングに入ると、予想通り炬燵に入ってカマクラをなでなでしながらテレビを見ている小町を発見。どうやら受験勉強の休憩中らしい。

その背中に声をかける。

「ただいま。アイス、食うか？」

すると、小町はちらっと俺に振り返って、小さく頷《うなず》いてうんとだけ言う。

ふむ？　なんじゃろ、いつもならもうちょっと喜ぶはずだが……。

怪訝《けげん》に思いつつ、俺も炬燵に入って胡坐をかく。天板の上にコンビニ袋と携帯電話、財布《さいふ》をドサッと置いた。

「ほい」

そのコンビニ袋からがさがさ取り出した雪見だいふくを小町に渡してやった。

「ありがと。……後で食べる」

そう小さな返事をして、いったん受け取りはしたものの、そのアイスを持ってしずしずと冷蔵庫に向かう。炬燵《こたつ》に戻ってきても、やはり小町《こまち》は静かなままだ。

なんだ、こいつなんか今日機嫌悪いのかな……。

ちょっとおっかなびっくり小町の様子を窺《うかが》いつつ、俺は雪見だいふくをはむはむいただくことにする。

ちょうど一つ食べ終えたころ、小町が意を決したように俺に向き直った。

そして、とんとんと床を叩《たた》く。

「お兄ちゃん、座って」

「うん？　や、座ってるけど……」

もしかして、俺座ってないのかな？　と心配になり、わざわざ炬燵布団《ぶとん》をめくって自分の足元を確かめてみる。

しかし、確かにどっしりしっかり胡坐をかいているし、座椅子《ざいす》にもばっちり座っている状態だった。それを小町にも示してやるように、炬燵布団をちらりちらりとはためかせてアピールしてみた。

だが、小町の言葉は変わらない。

「座って」

「いや、座ってるが……」

なに、もしかして正座？　正座なの？　なんで俺が正座しなきゃいけないんだよ……と、思いつつも、言われるままにお行儀良く正座してしまうどうも俺です。

これは何か長い話があるのではないか。そうなるとアイスが溶けてしまうのではないか。そんなことを危惧しながら、急いで残りの一つもはむっと口の中に放り込む。

むぐむぐしながら、話を聞く準備は整ったぞと目で教えてやると、小町はこほんと小さな咳《せき》払《ばら》いをする。

そして、じろっと眇《すが》めるような視線を俺に向けた。

「説明してもらいましょうか」

「……何を？」

んがぐぐっと雪見だいふくを飲み込んでから聞く。なんだろ、俺が小町にアイスを買ってきた理由かな？　お前のことが好きだからに決まってんだろ言わせんな恥ずかしい。

などと考え、一人、照れ照れしていたが小町の俺を見る視線はどうにも冷たく、あんまりハートウォーミングな話をしたいわけではないらしい。

しかしながら、小町に説明を求められるようなことに、とんと心当たりがないので、俺はてと首を捻《ひね》ってしまう。

すると、小町がはぁと静かなため息を吐《つ》いた。

「さっきの。折本《おりもと》先輩のこと。あれ何？」

「は？　何ってただの中学の同級生だけど……」

「それは小町《こまち》も知ってる」

「じゃ、聞くんじゃねぇよ、なんだよ」

ちょっといらっとしてそんなことを言うと、小町はじっと無言で俺を見てくる。そのもの言いたげな瞳には不満の色がありありと滲《にじ》み出ていた。俺の腹の底まで見通そうとせんばかりの眼力に圧され、俺も何かもっと言葉を尽くさねばならない気にさせられる。

「い、いや、ほんとそれだけなんだけど……。マジで」

へどもどしつつ言ってるそばから、まるで自分が嘘《うそ》を吐《つ》いている感覚に襲われる。

言ってることはまったく嘘ではないのだが、如何せん昔俺が折本《おりもと》に告白して振られているという事実があるがために、折本かおりについて話す場合にはどうしても口が重くなってしまう。おかげで、最後にはうぐぅと唸《うな》って黙り込んでしまった。

そのあたりの微妙な男心を説明できれば一番早かったのだろうが、さすがに妹相手にそんなことは言えない。

妹だって兄の色恋沙汰《ざた》など聞いても困るだろう。少なくとも俺は家族のコイバナなど聞きたくはない。もし仮に俺に兄がいたとして、急に恋愛話をされたら「何言ってんだこいつ、知らねぇよ……」ってなる気がする。あと、小町のコイバナは聞かされた瞬間、俺は多分泣いてしまってまともに聞くことができないと思う。

いろんなことを考えてしまい、ついつい押し黙っていると、小町がじりっとにじり寄ってきた。そして、わずかに首を傾けると掬い上げるような視線で俺の瞳を見据えてくる。

「ただの……、た、だ、の、同級生がなーんでうちに来るの」

その一語を繰り返し強調する。

俺の中学時代を知る小町のことだ。俺が同級生と今更親しげに、それもわざわざ自分の家の前で話したりなんてしてればおかしくも思うのだろう。なんなら俺も稲川淳二《いながわじゅんじ》張りにおかしいな変だな怖いなーって思ってるし。まぁ、一番怖いのは小町ちゃんなんですけどね。ここらで一杯お茶が怖い的な意味で。

なので、小町のために、居住まいを正し、理路整然とご説明させていただきます。

「家に来たっつーより、送ってもらったというか……、まぁ、帰りが一緒になったんだよ。ちょっと出かけた先の店で折本がバイトしててな。その後帰りにまた会ったの。んで、家の前でちょっと話してたらお前が帰ってきて……」

「じゃあ、たまたま一緒に帰ってきて、門の前でちょっと話してたと」

「まぁ、そうなるな」

「ふーん……」

小町の返事は納得しているのかいないのか、なんとも微妙なニュアンスだ。そして、ゆっくりと首を巡らせ、リビングの中を見渡すと、ぽつりと安堵《あんど》したように呟《つぶや》く。

「そっか、別に家に上がったわけじゃないのか」

「俺が他人を家に上げたりするか」

反射的に言い返したものの、ふと思い出した。

昔、由比ヶ浜《ゆいがはま》は上がったことがあったな……。だが、あれは小町《こまち》が呼んだのであって俺が呼んだわけじゃないので、ノーカンってことでいいかな……。

まぁ、それはさておき。

問題は小町である。

小町は先ほどから縄張りを警戒する野生動物のごとく、注意深く部屋の中を観察していた。それは事件現場を検分し、混沌の欠片《かけら》を知識の泉で再構成する探偵のようでもある。

しかし、今の小町をもっと端的に言い表わすのであれば。

「あのね、小姑《こじゅうと》ちゃん」

呼びかけると、小町がぎろっと睨《にら》んでくる。

「誰が小姑ですか、小町は小町です」

「お前だお前……。なんでそんなんいちいち聞くんだよ。どんだけ俺のこと好きなんだよ束縛してくる彼女かお前は。そういう女の子、嫌われちゃうんだぞ」

憎まれ口を叩《たた》くと、小町ははっと鼻で笑いよった。

「あのね、ごみいちゃん……」

小町の声には呆《あき》れが多分に含まれている。ええ、まぁ、はい。あれですよね、彼女いたことない身の癖に色恋沙汰《ざた》を語っちゃうとか痛々しいことこの上ないですよね……。

などと、反省していたのだが、小町はまるで別のことを言った。

「小町はお兄ちゃんのこと心配してるの。お兄ちゃんがモテない場合は最悪、小町が老後の面倒をみればいいからいいけど、もし、モテて修羅場《しゅらば》ったら小町、困る」

「いや、そんな事態にはならないから……」

言ったものの、小町はふーっと疲れたようなため息を吐《つ》くだけだ。

「さすがに小町の見てないところで刺されたりしたらどうにもなりません」

今夜が峠で最善は尽くしましたがご臨終ですみたいな顔してゆっくりと首を振る。

「いや、そんな心配しなくていいから……」

ていうか、小町が見てても見てなくても、刺されてしまったらどうにもならないと思うんですがそれは。

「なんにしろ杞憂だ。折本《おりもと》とも別になんもねぇ。ていうか、お前、やけに突っかかるな。折本となんかあった？」

玄関先で折本と出会った時の小町の微妙な反応を思い出して、そんなことを言うと、小町の肩がぴくっと動いた。

それはつい今しがたのどこかふざけていた雰囲気とは明らかに違う。

やはりあの時の違和感は間違っていなかった。

小町《こまち》は基本的には、コミュ力高く社交性に長け、人懐っこい子だ。それは雪ノ下《ゆきのした》や由比ケ浜《ゆいがはま》、果ては陽乃《はるの》さんといった面々に対して顕著だが、たとえ初対面であってもちゃんと接することができる。いつだかの夏休み、高原千葉村では参加している中でただ一人の中学生だったというのに、高校生の俺たち、あるいは葉山《はやま》たちにも自然と溶け込んでいた。

だからこそ、今日の折本《おりもと》への態度は解せないものがある。

どうやら核心を突いた、あるいは地雷を踏んでしまったらしい。

けれど、一度口にしてしまった言葉はなかったことにはできない。できることといえば、言葉を重ねて、なるべく当たり障りのない言い方に修正していくことくらいだ。

「苦手なタイプだったりしたか?」

嫌い、という言葉をうまくオブラートに包んで聞いてみると、小町はふるふると首を横に振る。そして、補足するように続けた。

「折本先輩のことは別に嫌いじゃないよ。っていうか、からっとしてる感じは結構好き……」

だろうな。勝手なイメージで申し訳ないが、さばさばした印象のある折本と明るく活発に振る舞う小町との相性自体は悪くないように思える。

「ただ……。周りにいた人たちが、その、ね……。ちょっと、あんまり……。いい感じはしなかった、かな……。なので、折本先輩個人に含むところはないのですが、差し引きトータルでやや苦手です……」

小町はしゅんと項垂《うなだ》れて、言いづらそうに少しずつ話してくれる。俯《うつむ》いてしまっているせいでその表情は窺《うかが》い知れないが、それが、折本に対する少々距離のある態度の理由か。

途切れ途切れの、要領を得ない言葉でも、答えにはすぐ行きついてしまった。

かつて俺が折本に告白して振られた話を面白おかしく噂《うわさ》して回った奴はそれなりに数がいたはずだ。

なら、その話が同じ中学に通っている小町の耳に入っていても別に不思議ではない。

兄が無様に振られた話を嘲笑交じりでネタにされるのは、あまりいい気分ではなかったのだろう。

たぶん恥ずかしくてたまらなかったんじゃないだろうか。きっと嫌な思いをしたはずだ。

言葉こそ濁していたが、そのことは小町の態度から察せられた。

友達が多いということはそれだけ多種多様な価値観を持つ人間がたくさん近くにいるということであり、中には他人をネタにして笑いに変えて楽しい時間を過ごす連中だって存在するだろう。折本の通う海浜総合《かいひんそうごう》高校のなんとか町さんの例を出すまでもない。

そうやって笑われるのは、本人だけではなくて、身近な人間もまた同様だ。

「悪かったな……」

つい、そんな言葉がこぼれ出た。

本当はもっと昔に気づいて言うべき言葉だったのに、随分と遅れてしまって、今更こんなことを言ってももう意味はないのかもしれない。

だから、これは謝罪でも懺悔《ざんげ》でもなく、宣誓に近い。

「けど、安心しろ。もうそういうことはねぇから。お前にも嫌な思いはさせない。高校では中学みたいなことは絶対起きない」

小町《こまち》の頭にぽんと手を乗せ、安心させるように言った。

あんな思いをするのもさせるのももう御免だ。俺は俺らしく俺の日々の暮らしを、俺の周辺をひっそりと守ることが何よりも大事なのだ。

きっと俺が何か自分の願いや想いを言葉と形にすることは、もうないのだろう。

いつか、ちゃんと大人になってもっと上手なやり方が見つけられればいいけれど、その時にはたぶんとっくに手遅れで、ただただ痛みを伴う思い出を懐かしむだけだ。

などと、思いふけっていると、小町がぽかーんとした顔で俺を見てくる。頭の上には俺の手の他にも疑問符やらなんやらがありそうな顔だ。

そして、俺に撫《な》でくり撫でくりされて頭を揺らしながら神妙な顔をしていたが、やがて何か思い至ったのか、はぁと盛大なため息を吐《つ》いた。

「あー、そうか、お兄ちゃんはそういう考え方をするんだった……」

そう言って、頭から俺の手をぺいっと払いのける。

「あのね、お兄ちゃん」

そう前置いて、俺と膝を突っつき合わせて、小町もまた正座する。喉の調子を確かめるように咳払《せきばら》いをすると、指をピッと立てて、怒濤《どとう》の勢いでまくしたてた。

「なんか勘違いしてるみたいだから言っとくけど、小町は折本《おりもと》先輩の友達がちょーっとかなりムカついて嫌いなだけで、別にお兄ちゃんをバカにされること自体は何とも思ってないの。むしろ、納得してるの」

「お、おう……」

な、納得しちゃってるの……？

勢いに圧されていると、小町の言葉はなおも続く。

「ていうか、お兄ちゃんは特に何かしなくても、もともといろんな人からネタにされてるし。むしろ小町が積極的にネタにしてるまであるし」

「お、おう……」

そ、そうだったの……？

今明かされる衝撃の事実に、若干打ちひしがれてしまった。ひどいよ、小町ちゃん……。がくっと肩を落としてひとしきり項垂《うなだ》れていると、むしろだんだん腹立ってきた。

いったいこいつは俺を何だと思っているのかと、ちょっと恨みがましい視線で小町の顔を見る。すると、目が合った。

「……だから、お兄ちゃんがどんな馬鹿なことやっても、すっごいかっこ悪くても、笑って認めたげる。小町《こまち》のことは気にしないで、好きにしていいんだよ」

小町は妹だからね、とからかうように付け足して、はにかんだ。その恥ずかしそうに微笑《ほほえ》む顔は年相応にあどけなく可愛《かわい》らしい。なのに、優しい眼差《まなざ》しは妹のくせに俺なんかよりもよほど大人だ。

「俺が馬鹿でかっこ悪いなんてことは起きないと思うが、……まぁ、わかった。ありがと」

対して、答える俺の言葉のなんと幼いことか。その子供じみた言いぐさに乗っかってきたのか、小町はお姉さんぶって大げさに頷《うなず》きを返してきた。

「わかったならよろしい。くれぐれも、小町のために、とか余計なこと考えないように」

「考えねぇよ」

舌打ち交じりにそう言うと、小町はふふーんと満足げに笑う。

「さ、じゃあ、小町もアイス食べよっかなーっと」

小町が炬燵《こたつ》に手をかけて立ち上がると、その拍子に炬燵はがたっとわずかに動く。ずれた分だけその位置を直していると、触れた天板にぶぶっと振動が伝わってきた。

なんぞっと思ってその振動の元を見れば、炬燵の上に放り出してあった俺の携帯電話が鳴っているようだ。

ひょいっと手に取って見れば、『☆★ゆい★☆』と表示されている。電話をかけてきた相手は由比ヶ浜《ゆいがはま》だ。

携帯電話を手にしたまま、ついちらっと小町に視線をやってしまう。今、ここで電話に出てしまってもまったく問題はない。ないのだが、ふとさっきの小町の言葉が頭をよぎる。

小町のために、とか余計なことを考えない。それはまるで、小町を言い訳にして逃げたりするなと、そう言っているようだった。

安易に小町に頼ったりしてはいけない。小町がいるとついつい、話を振りたくなっちゃうからなぁ。つい今しがた言われたばかりだ。これくらいは自分一人で対処しよう。

携帯を片手にいそいそと立ち上がり、リビングよりもやや気温の低い廊下に出る。冷たいフローリングにフラミンゴのように片足で立って、廊下の壁に寄りかかる。

未《いま》だ鳴り続けている携帯電話は手の中で震《ふる》えて、それは体の内側にも伝わってきた。ぶるぶるどくんどくんと振動し続けている。

それを落ち着かせようと小さく深呼吸してから、通話ボタンを押した。

「……もしもし?」

電話に出てみたものの、そういえばこいつ何の用で電話してきたんだろうかと今更ながらに思った。

けれど、考えたところで意味なんかないのだ。あらかじめ知っていて、返すべき言葉や言うべき内容を考えたって、それは空虚なものでしかない。

いつも用意していた言葉や答えなんて、だいたいが心にもない、嘘《うそ》っぱちばかりだ。

『あっ、ヒッキー？　今ちょっといい？』

電話口から聞き慣れた声が聞こえてくる。

だから、せめて何の準備がなくとも、嘘偽りのない言葉を言えるようになりたいと、そう思った。

7

ぎこちなくも、由比ヶ浜結衣との電話は繋がっている。

扉一枚隔てたリビングからかすかにテレビの音が漏れてきていた。

おそらくはアイス片手に炬燵《こたつ》に潜り込んだ小町《こまち》が、だらだらしながら眺めているのだろう。何を観ているかまではわからないが、うっすらと耳に届く雑音が気になって、すたすたとその場を離れた。

『ヒッキー？　おーい』

耳に当てた携帯電話から、由比ヶ浜《ゆいがはま》の声がする。こちらから声がしなくなったことを訝《いぶか》しんでいるようだ。

「……ああ、聞こえてる」

答えながら、寄りかかっていた壁からそっと身を離して、自分の部屋へ向かって歩き始めた。知らず知らずのうちに、ひっそりとした足取りになってしまう。

たぶん、電話しながらだからだ。電話口の向こうにいる相手に、雑音を聞かせないように、抜き足差し足でゆっくり歩く。

リビングよりもいくらか気温の低い廊下。

フローリングも気温相応に冷えていて、新たに一歩進むごとに、靴下越しにひんやりとした感触がある。

『あ、急に声しなくなったから何かと思った』

「いや、別になんもないけど……」

ちょっと覚悟を決めるのに時間がかかっただけ。

予期せぬ電話があると、「え、俺なんかしちゃったっけ……」と不安になって、電話取るの一瞬ためらっちゃうよね！　で、心当たりあるとそのまま無視しちゃう！　さらに、留守電聞いてから重要度判断して「これなら折り返さなくても大丈夫かな……」とか言い出して結局そのまま無視し続けるよね……。

そうやって疎遠になっていく関係性もある。

だから、電話というのはどこか緊張感を伴うものだ。相手の顔が見えないのも、一方的に無視できてしまうのも、容易《たやす》く人の関係性を断つ要因になりうる。

ただでさえ、相手が何を考えているかなんてわからないのに、情報量を絞られてしまえば、失敗するリスクは高まっていく。

簡単に接続できる関係だからこそ、簡単に失われてしまう。

相手が由比ヶ浜であっても、それは同じだ。否、相手が由比ヶ浜だからこそ、失敗をするのは嫌なのだ。

少しばかりの緊張のせいで、上擦りそうになる声を抑えるのに幾ばくかの間を必要とした。

「で、何か用か」

さして広くもない我が家だ。そんな会話をしながら進むうちに、ほどなくして自室の中へと入った。

ぱちりと照明のスイッチを入れ、後ろ手で扉を閉めてから、ベッドにぼすっと座り込む。舞い上がった微《かす》かな埃が蛍光灯にうっすらと照らされた。その煌《きら》めく光を見ながら、大掃除しなきゃな、とぼうっと考える。

『えっと……』

おそるおそるといったふうに、由比ヶ浜《ゆいがはま》が言葉を探していた。しんと静まり返った部屋の中ではその躊躇《ため》うような小さな声もよく聞こえる。

『……ひ、ヒッキー、年末って暇?』

「お、おう……」

途切れ途切れの言葉に反射的に言葉を返した。やがて、ゆっくりじんわり、言われた内容が頭にしみこんでくる。

「まぁ、暇だけど……」

わざわざ確認されるまでもない。

年末年始を問わず、年中夢中で暇まであるし、なんなら年中無給まである。

ほんと奉仕部たらいう部活にかかわった結果、ブラック企業体質に慣れてしまった。社畜として将来有望すぎる。

またぞろ何かブラックなことに関わるのだろうか、と先ほどとはまた別種の緊張が襲ってくる。

だが、由比ヶ浜の提案は思わぬ内容だった。

すうっと小さく息を吸う声が聞こえ、ついではしゃいだ声が届いてくる。

『じゃあさじゃあさ、大晦日、初詣《はつもうで》行かない？』

「ああ、二年参りか」

言うと、電話口から戸惑うような声が聞こえてきた。

『……にねんまいり？』

あ！　これわかってないときの反応だな！　由比ヶ浜が電波のはるか先で首を傾《かし》げている姿がありありと思い浮かんだ。

「年明け前から行くことを二年参りっつーんだよ」

二年参りは大晦日の深夜〇時を境にして、年をまたぐように参拝することを指す。まぁ、細かい定義には諸説いろいろあるが、ざっくり言うと年越しの時に初詣しているって感じだろう。

『へぇ……』

由比ヶ浜《ゆいがはま》はわかっているんだかわかっていないんだか微妙な返事をする。まぁ、わかってないだろうなぁ……。

しかし、初詣《はつもうで》か。

それはなかなか縁起がいい。

初詣行くと、発毛が促進されそうな感じがある。いや、語感的にね？　祖父の髪の薄くなりようを見ると、将来の自分の頭皮が心配になるどうも俺です。

そのうち『初詣で発毛やで！』みたいな謎キャッチフレーズをつける髪に所縁《ゆかり》のある神社が現れるのも時間の問題。

などと、自分の頭皮の問題から逃避していると、こちらの様子を窺《うかが》うように、由比ヶ浜が物問いたげな吐息を漏らす。

『じゃあ、その二年参り、……行かない？』

「あ、はい……そ、そうね」

反射的にそう答えていた。

とはいえ。

とはいえ、である。

今の誘われ方では情報量が少なすぎる。

年末、由比ヶ浜と二年参りをする。そこまでは把握した。

だが、それ以外の部分がはっきりしないとどうにも答えかねる。

例えば。

二人きりなのか、とか。

これまでの由比ヶ浜の言葉の中に他の人物の名前は出ていないし、さっきの言葉を至極《しごく》素直に解釈するのであれば、俺と由比ヶ浜だけの可能性はだいぶ高い。

だが、二人きりで行くとなると、なんだかいろいろやばい気がする。何がやばいってマジやばい。

何かを買いに行くとか、何かをするついでだとか、イベントの取材だとかそういう理由があればいいのだ。

明確な目的意識を持って行くのであれば、誰に見咎《みとが》められることもないし、文句を言われる筋合いもない。俺自身も余計なことを考えないで済む。

だが、それがプライベートなこととなると話は別だ。

……え、だって何すればいいの？　一緒に初詣行くとかよくわかんねぇよ。普通に出かけて普通に会話して、普通に初詣行けばいいの？

普通ってなんだよ（哲学）。

そんな疑問が尽きることなく湧いてくる。

それに、別の問題も持ち上がってくるのだ。

おそらく初詣《はつもうで》で向かう場所は稲毛《いなげ》浅間《せんげん》神社だろう。稲毛浅間神社はこの辺りで一番大きく、かつメジャーどころの神社だ。

それはつまるところ、俺たち以外の人間も多くいるということを示す。

ふと、頭をよぎるのは夏の出来事。

あの花火大会の時のように、俺と一緒に行動することが由比ヶ浜《ゆいがはま》の不利益に繋《つな》がる可能性は充分にあるのだ。かつて俺を蔑《さげす》み忌《い》み嫌った相模南《さがみみなみ》のような人間は別段珍しいわけでもない。

どこにでもいるありふれた普通の人間だ。

努々《ゆめゆめ》忘れるな。未《いま》だ厳然たるカーストは存在していることを。

勘違いしてしまえば、それは由比ヶ浜の迷惑にもなる。

勘違いしてはいけない。

何度も戒《いまし》める。

感情も環境も関係も。

油断すれば容易《たやす》くまちがえる。

だからこそ、自分のために、相手のために、ちゃんと予防線を張っておくべきだ。

「あ、あー。俺はまぁアレだけど……」

などと、俺自身の去就については曖昧《あいまい》な言葉で保留しつつ、一度言葉を切る。

「……他は?」

我《われ》ながらうまい聞き方だったと思う。

遠回しではあるが、第三者の介入を想定しているかのような言葉選びは、婉曲的に二人きりで初詣に行くことへの牽制に繋がる。

さて、どう出てくるか……。

とか思っていたのだが、電話口からは即座に元気な声が返ってきた。

『ゆきのんも一緒！』

「あ、そう……」

ですよね！　二人きりなわけはないですよね！　ぷふーくすくす、こいつ何牽制とかしてんのウケるんだけど！　いや、ウケねぇから……。普通に恥ずかしい。意識しすぎだろクソが。

うん、まぁ、二人だろうが三人だろうが、そもそも女子とお出かけという事態がだいぶイレギュラーなことではあるが、しかし、世の中には仕事始めに部署で初詣に行くような会社もあると聞く。部長以下数名で初詣ということであれば、さほど不自然でもあるまい。

などと、ひたすら言い訳を並べながら、初詣参戦への覚悟を固める作業に没頭していると、電話口からなにか思いついたような声がする。

『あ、あと小町《こまち》ちゃんはどうかなー？』

俺は電話を肩口に挟んでちらりと部屋の扉に視線をやる。

「……小町か。ちょっと待て」

そう告げると、電話を切らずに、いそいそと部屋を出た。

×　×　×

リビングを覗《のぞ》くと、小町《こまち》は炬燵《こたつ》に入って、アイスを食べながらテレビを見ていた。いつのまにやら小町の手元にはカフェオレまで用意されていて、さらに膝の上には湯たんぽ代わりなのか、猫のカマクラが乗っており、完全にくつろぎモードだ。ねこみみモードではないのが残念。

それにしても、この干物妹小町ちゃん、くつろぎすぎだな……。

急にリビングに入ってきた俺に、小町は不思議そうな視線を向けてきた。その眼差《まなざ》しに、咳《せき》払《ばら》いをしながら返す。

「小町、お前二年参りって行くか?」

聞くと、小町は眉《まゆ》を顰《ひそ》める。

「二年参り?」

「ああ」

「……なーんで急に二年参り」

言いながら、小町はじろじろと俺に不躾な視線を向けてくる。あまりに遠慮のない眼差しに思わずたじろいでしまった。

　すると、小町はふーむと唸《うな》りながら、さらに俺をまじまじと見つめる。その視線が俺の右手に握られた携帯電話へと向かった。

「電話、結衣《ゆい》さん？」

「……ああ、まあな」

　適当に答えると、小町がふぅと呆《あき》れたようなため息を吐《つ》いた。

「……お兄ちゃん」

「な、なに」

　問うと、小町は大仰に肩を竦《すく》めると、自分の顔を指差し、無駄にオーバーなジェスチャーをつけながら話し始める。

「小町、その時間、眠い。家、出ない。ついてかない」

「あ、そう……」

　なぜ片言なのかはさっぱりわからなかったが、小町が何を思っているかは薄々わかった。

　いつまでも小町に頼っていてはいけないのだ。小町を理由にして、言い訳にして、自分の立ち位置を決めるようなことがあってはならない。

　それは卑怯《ひきょう》な行為だ。

「小町は行かないけど、お兄ちゃんはちゃんと考えて決めるように。行くにしろ行かないにしろ、ね。……わかった？」

ちろっと軽く睨《にら》むように俺を見てくる。咎《とが》めるような言い方はちくちくと俺の胸を苛《さいな》んでくる。

思わず、ううっと言葉に詰まってしまった。

本当に、卑怯《ひきょう》なことをしている気がする。もっとも、卑怯といえば、さっき俺が由比ヶ浜《ゆいがはま》に言った言葉も卑怯だ。ずるい言い方をしてしまった。

ほとほと自分に嫌気がさす。

自分が「他者」だとか「みんな」だなんて言い訳を持ち出し、便利な言葉として使っていることにまざまざと気づかされてしまった。

苦々しい思いで深いため息を一つ吐《つ》く。

「わかってる。ちゃんとするよ」

「なら、よし」

答えると、うんうんと小町《こまち》が頷《うなず》く。

本当は小町に言われるまでもなく分かっていることなのだ。ただ、そこからずっと目を逸《そ》らしていたに過ぎない。

小町に軽い頷きを返して、俺はリビングを後にした。

誰もが、いつかちゃんとしなければならないのだ。

差し当たって、俺ができることは先ほどの不誠実な言葉を悔いることくらいしかないのだけれど。

×　×　×

冷たい廊下を数歩進むと、足元がひやりとした。その冷たさに急《せ》かされるようにして、足早に、元いた自室へと戻る。

手の中には、まだ切らずにいた携帯電話がある。

その携帯電話を手に短いため息を吐いた。

「……もしもし」

小さな声で呼ばわると、由比ヶ浜がいくらか慌てた様子で返してきた。

『も、もしもし』

その声が聞こえてきたことに、ほっとする。先ほど話していた時からそれなりに時間は経っていたが、ずっと電話口で待っていてくれたのだろう。申し訳なさから、向こうに見えているわけでもないのに、知らず知らずかすかに頭を下げていた。

「悪い、待たせた。……小町、行かないってよ」

『うん、聞こえてた』

由比ヶ浜《ゆいがはま》がくすっと微笑《ほほえ》みを漏らす。

さっきの会話がまるまる聞かれていたのかと思うと、どうにも気恥ずかしくて、うぐぅと言葉に詰まってしまった。

『……ヒッキーは、どうする？』

遠慮がちに問いかけてくる甘い声が耳をくすぐった。

そのせいで思わずくねっと身体を捩《よじ》った。電波を通った声でも俺のウィークポイントである耳は反応してしまうらしい。

これがＺｏｏｍとかのテレビ通話じゃなくてよかった……。たぶん今耳とか真っ赤になってるだろうし……。

げふんげふんおこぽーんと、ややわざとらしいくらいに咳き込んで、無理くり気分を切り替える。

先ほどの会話よりは慎重に、嘘《うそ》も誤魔化しもないように、できる限り真摯《しんし》に、自分が言えることだけを口にした。

「俺は……、とりあえず行くわ。他のことは任せる」

『え、あ、……うん。はい』

ややぶっきらぼうになってしまった言葉に面食らいでもしたのか、由比ヶ浜の返事には驚きや戸惑いが見えた。

言い方がまずかったかな、と思って慌てて、言い添える。

「まぁ、あれだ、俺はどうせ予定ないから。……いろいろ合わせるわ。……とりあえず、一緒に行くってことで」

……参った。

言い訳も、誘い文句も。

何もかもが下手《へた》すぎる。

もっとスマートにやり過ごせればいいのだけれど。

直接顔を合わせているわけでもないのに、携帯電話を握る手にはじんわりと汗が滲《にじ》み、頭皮の汗腺が開いている感覚があった。

用意してない言葉って、なんでこうも口にするのが疲れるんだろうか。

うっすらとしたため息を漏らしていると、電話口の向こうには沈黙があった。

『………』

「な、なに……」

問いかけると、はっと我《われ》に返ったのか、由比ヶ浜が慌てた様子で答えた。

『う、ううん、なんでもない！』

空いてしまった間を誤魔化すように、あははと笑うと由比ヶ浜は喉の調子を確かめるようにこほんと咳払《せきばら》いをした。

『じゃあ、待ち合わせ場所とかまたメールするね』

「ああ、よろしく」

『うん』

それで、交わすべき会話は終わった。

……はずなのだが、なんとなくお互い電話を切れずに、ノイズ交じりの沈黙を黙って聞いている。

「…………」

『…………』

相手の息遣いにさえも耳を澄ませてしまう。しばしの間、そうしていると、不意に由比ヶ浜《ゆいがはま》が笑い出した。

「なんだよ……」

『あ、ごめんごめん。なんか変だなと思って』

一体何が変だと言うのか。そう思いつつも、俺も不思議な心持ちだった。話が終わったなら、さっさと電話を切ればいいのに、なんとなくそうできずにいる。

一説によると、電話はかけてきたほうから切るのがマナーなのだとか。そんな中途半端な知識があるせいかもしれない。

まぁ、別にマナーを気にするような間柄でもない。俺から電話を切ったって特に問題はないのだ。

そう思い直して、改めて口にする。

「じゃあ、電話切るぞ」

『うん。じゃあ、またね』

そう言ったものの、由比ヶ浜が電話を切る気配はない。

『…………』

相変わらず聞こえてくるかすかな吐息に、思わず苦笑してしまった。

「……いや、切れよ」

『そ、そだね……』

答える由比ヶ浜は、たぶん今頃、いつものようにはにかんだ笑《え》みを浮かべながらお団子髪をくしくしと撫《な》でているのだろう。

その様子を思い描いていると、電話の向こうで何か思いついたような息が漏れる。

『あ、いっせーのせで切るのは？』

自分で言ってて恥ずかしいのか、あはーと照れ隠しに笑っているのが、電話越しにも想像できる。

それを意識した瞬間、首筋がかーっと熱くなるのが感じた。

「なにそれやだよ切るぞ」

『あ、ちょっ、ま』

「はいもう切る、じゃあな」

そう言って、すぐさま電話を切った。

ふーっとため息がこぼれ出てくる。

しばらく手の中の携帯電話を見つめていた。

なんだ、さっきのやり取り……。

今しがた交わされた会話を思い出して、ベッドの上でじたばたしてしまう。畳水練にも似た動きは、直前の児戯めいたおしゃべりに通じるところがあり、それを自覚すると急に恥ずかしくなってくる。

しばしの間、ベッドでもがいていると、次第に諦めもついてぴたっと動きを止めた。はああと深い深いため息を吐く。

なんだかどっと疲れて、喉の渇きを覚えると、俺はようやく立ち上がったのだった。

×　　×　　×

疲れた表情のままリビングに戻ると、ちょうどこちらに振り向いた小町《こまち》と目が合った。

小町は俺の顔を見て、満足げにむふーと息を吐く。

「二年参り、行くの？」

「ああ、たぶんな」

キッチンに回って、水を一杯飲んでからそっけない答えを返した。すると、小町がにひっと笑う。

「ほほう、そうですかそうですか」

「なんだよムカつく顔して……」

「いんやー。お兄ちゃんにしてはよくできました、と思って」

小町は微笑《ほほえ》みながらそう言うが、俺としてはまったくできはよろしくない。もっとうまい答え方があったのではないかと思う。

そんな反省をしながらもぞもぞと炬燵《こたつ》に入ると、それと入れ替わるように小町が立ち上がった。

「じゃ、小町は小町で初詣《はつもうで》の場所、考えなくちゃなっと」

「ああ、親父が亀戸《かめいど》天神行きたがってたぞ。付き合ってやれば？」

言うと、小町が露骨に嫌そうな顔をした。

「えー……」

いや、えーって君ひどいね……。親父も小町に好かれようと必死なんだよ？　などと、親父に同情していたのだが、小町にとってはどうでもいいことらしい。

「まぁ、なんか適当に探すよ。んじゃ、おやすみー」

言うが早いか、小町《こまち》はぱたぱたとリビングを後にする。

残されたのは俺とカマクラだけ。

カマクラはふんすっと鼻を鳴らして前足を振ると不機嫌そうに起きてぐーっと伸びをする。そして、もぞもぞと炬燵《こたつ》の中へと引きこもってしまった。

俺もそれに追従して、炬燵にすっぽり肩まで入り、コタツムリ状態になる。

今年も残すところあとわずか。

例年とは違って、いささか騒がしくて慌ただしい年の瀬になりそうだ。

8

いつでも、雪ノ下雪乃の体内時計は規則正しさを失わない。

冬の夜は大概、静かなものだがこの日ばかりは違い、夜半近くになっても、街にはまだ活気があった。

もうじき日付が変わるような時間になっても、電車の窓から見える街並みにはいくつもの灯《あか》りがともり、夜道を歩く人々の姿が目につく。

その活気は電車内も同様だ。

普段よりもずっと混みあった電車に揺られること数駅。

改札口から吐き出される人の流れに乗って、歩いてなだらかな坂を下っていくと、やがて浅《せん》間《げん》神社の一の鳥居にたどり着く。

国道一四号に面したこの大きな鳥居はかつては海中に立っていたのだという。チーバくん公式アカウントが呟《つぶや》いていたから間違いない。遥《はる》か昔には彼《か》の世界遺産厳島《いつくしま》神社のような荘厳な風景がそこにあったのだろう。つまり、千葉も世界遺産になった可能性がワンチャンあったわけで、俺の中ではもう世界遺産も同然。

稲毛《いなげ》浅間《せんげん》神社は結構な人出だった。さすが俺的世界遺産……。大人気だな……。

その人波の中をかき分けて進むと、大きな鳥居の前に待ち合わせの相手を見つけた。

視線の先にいるその女の子も俺を見つけると、元気よく手を上げる。すると、明るい茶色のお団子髪が揺れた。

「ヒッキー、こんばんやっはろー！」

「何その挨拶《あいさつ》……」

毒気を抜かれた思いで答えた。由比ヶ浜《ゆいがはま》は縦編みのニットにベージュのコート、首元には長いマフラーがくるくると巻かれ、上げた手はミトンですっぽり包まれている。

そのすぐ隣には雪ノ下《ゆきのした》がいる。真っ白いコートを羽織り、チェックのミニスカートから覗《のぞ》く脚には黒タイツと冬仕様の装《よそお》いだ。雪ノ下はちらっと俺に視線をやると、首から頬《ほお》まで隠すように巻かれたタータンチェックのマフラーをくいと下げ、小さく頷《うなず》いた。

「こんばんは」

「おう」

そんな挨拶をしていると、ごーんとやたらに荘厳な鐘の音が遠くから響いてくる。

もうじき、年が明けるのだ。

携帯電話を見る人、袖口《そでぐち》の腕時計を覗く人、皆各々に、この年が去りゆく瞬間をじっと見守っている。

やがて、どこからともなくカウントダウンの声が聞こえてきた。

5、4、3、2、1……。

神社の鳥居を前にして、参拝客たちの歓声が響いた。中には、年越しの瞬間、その場でジャンプする連中もいる。あーはい、あれね、「年越しの瞬間俺地球にいなかったぜ」とか言い出す奴。いやいや、それ全然地球にいるから。オゾンより下なら問題ないから。

などと、周囲をやや冷ややかな視線で見ていると、それと対照的に由比ヶ浜《ゆいがはま》が瞳をキラキラ輝かせて、俺と雪ノ下《ゆきのした》のほうに向きなおる。

「あけましてやっはろー!」

「なにその挨拶《あいさつ》……。おめでとさん」

苦笑交じりに軽く返していると、こほんと遠慮がちな咳払《せきばら》いが聞こえてきた。そちらをちらと見やる。

「……あけましておめでとう」

雪ノ下はもふっとマフラーに顔をうずめるとそう言った。まぁ、改まって新年の挨拶なんてすると、どうにも照れ臭いもんだ。俺もマフラーの毛先をもしゃもしゃ弄《いじ》ってしまう。

「ああ……。まぁ、なに。おめでとさん」

俺も挨拶とも言えない程度の挨拶を返す。

三人それぞれ新年の挨拶を終えると、雪ノ下がすっと前方を指差した。

「じゃあ、お参りしましょうか」

大鳥居からなだらかに続く坂道には煌々《こうこう》とした提灯が並んでいる。その光の点が指し示す先へと俺たちは歩き始めた。

×　×　×

参道の両脇には鬱蒼とした木々が茂る。参拝客はその林に踏み入れることなく、粛々《しゅくしゅく》と前の人に続いて境内を目指している。

この神社は近隣では一番大きいためか、二年参りにやってくる人の数も多い。日付をまたぐと、また一層客足が伸びたようだった。

その人波の中で、由比ヶ浜がきょろきょろと首を巡らせる。どうやら参道の端に並び立つ出店に目移りしているらしい。

「お祭りみたいだねー」

「まぁ、こんだけ人が来てりゃあ稼ぎ時だろうからな。……早く帰りてぇ」

言うと、由比ヶ浜がぷくっと膨《ふく》れっ面をつくる。

「すぐそういうこと言うし……。せっかくだし、なんか食べてこうよー」

そんな話をしていると、由比ヶ浜が参道からふらふらとはずれそうになる。それを隣にいた雪ノ下がくいっとマフラーを引いて止めた。

「先にお参りを済ませてからよ」

窘《たしな》めるように言うと、由比ヶ浜《ゆいがはま》の肩に手をそっと添え、顔を前方へと向けさせる。俺もその動きにつられて前を向いた。

先に続くのはまだまだ長い行列だ。

それにしたってこの人出はどうにかならないのかしら。思考回路は嘔吐寸前。今すぐ帰りたい……。

だが、その混雑ぶりも石段を上りきれば多少の緩和はされる。

境内には出店の類《たぐ》いがないからだろう。

目の前に社があるので、皆目移りすることなく参拝にまっしぐらだ。俺たちもまた、その流れに乗って社の前までやってきた。

「二人とも何お願いするの？」

もうすぐ俺たちの番、というところで、隣に立つ由比ヶ浜が問いかけてきた。

「初詣《はつもうで》ってそういうのじゃねぇだろ。七夕じゃないんだから……」

「そうね。別にお願いしてそれを叶《かな》えてもらう即物的なものではないわね」

由比ヶ浜の後ろからひょいと顔を覗《のぞ》かせて雪ノ下《ゆきのした》が言うと、由比ヶ浜はむむっと難しそうな顔をする。

「え……、でも困った時の神頼みって言うし……。困ったときは頼めばなんとかなるんじゃないかなーとか……」

　素敵な論理展開だ。神様たらいう存在がそんな便利でコンビニエンスな連中だったら世の中、もっとピースフルだっただろう。

「その諺《ことわざ》は普段信心しないくせに、都合の悪いときだけ頼ろうとする悪性を揶揄《やゆ》した言葉なのだけれど……」

　雪ノ下も理解に苦しんでいるようでこめかみに手を当てている。

「え。でも、神頼みだし、頼んだほうがお得……」

　由比ヶ浜は混乱しているのか、頭に疑問符を浮かべていた。

　やがて、前で参拝していた人たちが横へと捌けて、俺たちが先頭になる。

　雪ノ下は小さくため息を吐《つ》いた。

「はぁ……。まぁ、それでもいいんじゃないかしら。どちらかといえば誓いを立てるニュアンスのほうが強い気がするけれど」

　ふっと、雪ノ下が微笑《ほほえ》むと由比ヶ浜も大きく頷《うなず》いてその腕に飛びついた。

「そっか……。じゃあ、あたし、ちゃんとお願いしたいことあるんだ」

「そう……」

　優しい声音《こわね》で応えて、二人は一歩前に進み、賽銭《さいせん》箱の前に立った。

　そして、二人でお賽銭を投げ、一緒にがらがらと鈴を鳴らした。そして、二礼、二拍手。静かに目を閉じる。

神前での宣誓、それはどこか厳《おごそ》かな雰囲気がある。

俺も彼女らに倣《なら》い、作法をこなしてから手を合わせた。

願い事……、あるいは誓うべきこと、か……。

ちらっと横目で雪ノ下《ゆきのした》と由比ヶ浜《ゆいがはま》を見る。

雪ノ下は静かに瞼《まぶた》を閉じ、微《かす》かな吐息を漏らす。由比ヶ浜は眉間《みけん》に皺《しわ》をよせてむむむっと唸《うな》っていた。彼女たちが何を願い、何を誓ったのかは知らない。

俺も同じように目を瞑《つぶ》った。

願いらしい願いはないが、ただ、自分の努力次第でどうにかできることは、願わずにいようと思う。

とりあえず、小町《こまち》が無事合格しますように……。これぱっかりは俺がどうにかしてやれることじゃないからな。

×　×　×

参拝を終えるとようやく人の流れから解放された。

広い境内を見渡すと、どこもかしこも巫女巫女ナース。嘘《うそ》、ナースはいない。

巫女だらけの巫女巫女パラダイスの中をてくてくと歩き、一際《ひときわ》長い列に並んだ。その先には社務所がある。絵馬に破魔矢に御守《おまもり》、御札《おふだ》、各種取り揃《そろ》えて、参拝客を待っている。

しばしの間、そこに並び、お目当ての御守を買う。ついでに年の初めのためしとて、とばかりにおみくじも引いておいた。

なんか棒の入った六角形の木箱をがらがら振った。出てきた棒の番号を巫女さんに伝え、もらったおみくじを手に、足早に由比ヶ浜と雪ノ下のもとへと急ぐ。

広い境内の一角で二人の姿を見つけた。由比ヶ浜はニコニコ笑顔、一方の雪ノ下は眉根《まゆね》を寄せてじっと手元を睨《にら》んでいる。

何かあったのかしら……と不思議に思いつつ、人波をかき分けて、二人に声をかけた。

「悪い、待たせた」

ぱっと由比ヶ浜がこちらを振り向く。

「ううん、別に。あたしたちもおみくじ引いてたし」

言いながら、手の中のおみくじをひらひらと見せてくる。そこには大吉とでかでか書いてある。それでだいたいの事情を察した。

なるほど……、と思いつつ、雪ノ下を見やると、雪ノ下は軽く口を尖《とが》らせている。そして、俺にジトっとした目を向けた。

「比企谷《ひきがや》くんは？　あなたもおみくじ、引いたのでしょう？」

「ああ」

ずっと手に握ったままだったおみくじを開く。すると、雪ノ下《ゆきのした》と由比ヶ浜《ゆいがはま》も覗《のぞ》き込んできた。

「小吉……」

微妙すぎる……。しかし、課金額１００円じゃあ大したものが出なくても仕方あるまい。項目をざっと見たが、どれも微妙。どれくらい微妙かというと、健康関連で未病に注意って書いてあったくらいの微妙っぷり。

一概に悪いおみくじ結果とも言えないので、結ぶかどうか悩んでいると、横に並んだ雪ノ下が自分のおみくじをひらりと見せてくる。

「……中吉」

ふふっと勝ち誇った微笑を浮かべて言われてしまった。やっぱり雪ノ下さんの負けず嫌いは相変わらずですね……。

しかし、おかげで雪ノ下のご機嫌もだいぶ回復したようだ。むふーと満足げなため息を吐《つ》くと、肩にかかった髪をさっと払う。

その様子を由比ヶ浜が微笑《ほほえ》ましげに見つめていた。

「でも、みんな、凶じゃなくてよかったね」

「……まぁ、そうね」

にこにこ笑顔で言われると、さすがの雪ノ下も自分の負けず嫌いぶりを反省したのか、少々頬《ほお》を染めてぷいと顔を背ける。

　すると、逸《そ》らした先で俺と雪ノ下の目が合った。

「その袋……、御守《おまもり》?」

　雪ノ下の不思議そうな視線が俺の手元に注がれる。さっきから握りっぱなしだった、浅間神《せんげん》社の名前が朱字で書かれた小さな紙の袋を掲げて見せた。

「ん、ああこれ。まぁな。一応、小町《こまち》の合格祈願に」

「そう……」

　ふっと軽く微笑んで、雪ノ下が小首を傾《かし》げ、ちらりと眺め上げるように俺の顔を覗き込む。

「もしよかったらだけれど、絵馬くらい書いていかない?」

「あ、いいね！　小町ちゃんの合格祈願！」

　ぴょんと一歩飛ぶようにして由比ヶ浜も俺と雪ノ下の話に加わった。

「……ちょっと並びそうだけど」

　ちらとさっきまで俺が並んでいた社務所のほうを見やると、そう付け加える。俺は二人の提案に即座には答えることができず、口を開くのにいくらか躊躇した。

「……そうか、ありがとう」

　しばしの時間をかけて出てきた言葉はそんなもんだ。それを聞いて、雪ノ下も由比ヶ浜も目をぱちくりさせる。

「……なに」

あんまりに不躾な視線を向けられてしまったので眉《まゆ》をひくと動かして問い返すと、雪ノ下《ゆきのした》がはっとして咳払《せきばら》いをする。

「いえ、ちょっと意外だったから」

「そうだよね、ヒッキーがお礼言うとかなんか変。並ぶのなんて嫌がりそうなのに」

くすくすと面白そうに由比ヶ浜《ゆいがはま》が笑う。いや、笑われるようなことじゃないだろ。俺だって礼くらいちゃんと言うのだ。そう思うと、ついつい不機嫌さの混じった鼻息がふすっと漏れ出てくる。

「俺は妹のためならプライドを捨てられる人間だからな。小町《こまち》絡みじゃなかったらすぐに帰ってるところだ」

「捨ててるのはプライドではなく、常識みたいね……」

呆《あき》れた様子で雪ノ下が言うと、ため息を吐《つ》きながらその場を離れる。そして、数歩進んでから俺たちに振り返った。

「んじゃ、いこっか」

由比ヶ浜が雪ノ下の視線に応えて、俺の肩を軽く押す。それに応じるように俺もまた歩く。やがて、前方で待っていた雪ノ下に追いつくと、三人でまたぞろ長い長い列の一番後ろへと向かった。

×　×　×

たっぷりめに時間をかけて、絵馬にぎっしり三人であれこれ書いた。

雪ノ下のお手本みたいに綺麗《きれい》な字に、俺の殴り書き、さらに途中から由比ヶ浜のイェイイェイみたいな顔文字だらけで、一体何を願ったんだかわからない絵馬になってしまい、こんなの奉じられた神様もさぞや困ることだろう。

だが、絵馬なんて縁起物だし、これくらいにぎやかなほうが却って目に留まるものかもしれない。代表して、俺が絵馬を掛けると、最後にぱんぱんと柏手を打つ。頼むぜ絵馬たそ。小町を合格させたってください……。

南無南無とたっぷり拝んでから、後ろにいる二人に振り返る。

「よし、これで大丈夫だな」

言うと、雪ノ下と由比ヶ浜も絵馬の出来栄えには満足しているのか、うむうむと頷《うなず》きを返してくれる。

正直絵馬を書く予定はまるでなかったが、これで初詣《はつもうで》の目的は達成された。他にやっておくべきことは何かあったかしら……と一思案してから口を開いた。

「で、どうする？　帰る？」

「だから帰らないし……、なんですぐ帰りたがるし……」

由比ヶ浜《ゆいがはま》が冷たい視線で俺を見る。いや、でももう用事は済んだし……と言い訳の一つもしようとしたが、雪ノ下《ゆきのした》が小首を傾《かし》げてそれを遮《さえぎ》った。

「屋台、見ていくのではなかったの？」

境内に来る途中、由比ヶ浜が屋台に興味津々だったのを思い出したのだろう。雪ノ下が提案すると、由比ヶ浜がこくこくと高速で首を縦に振って賛成する。

どうせ参道は帰り道だ。俺に異論はない。というより、そもそも発言権がなかったらしく、二人はもう歩き出している。

来た道を戻っていくと、出店が立ち並ぶ一角に出た。お好み焼き、たこ焼きは定番どころとして、季節がらなのか甘酒を出しているところもあった。

食べ物系を出す屋台が並ぶ中には射的も出ている。夏祭りではよく見かけるが、冬でも出すものなのかと見やると、隣でぽつりと声があがった。

「なぜ初詣《はつもうで》なのに射的があるのかしら……」

面妖な……、と言わんばかりに雪ノ下は射的の屋台をしげしげと眺めている。

「確かに変わってるっちゃ変わってるが、お子様も来るだろうし、稼ぎ時と見れば来るのが普通なんじゃねぇの」

「不可思議だわ……、なぜこんな場所に……」

が、雪ノ下は俺の言うことを聞いていないようで、なおもしげしげと射的の屋台を眺めている。と、そこにパンダのパンさんらしきものがあった。ああ、だから眺めてるのね……。

「……射的、やるか？」

「いえ、そういうわけでは」

言いながらも雪ノ下はそわそわしている。もうこれ絶対欲しがってるじゃん……。

それは由比ヶ浜も気づいているのか、挙動不審な雪ノ下の様子を優しい眼差《まなざ》しで見つめている。

「ゆきのん、パンさん好きだもんね」

由比ヶ浜が微笑《ほほえ》み交じりにそう呟《つぶや》いた。普段なら即座に否定もしくは言い訳めいたことを口にする雪ノ下だが、今はその呟きも耳に届いてないらしい。よほど目の前のパンさんらしきものに集中しているのだろう。

雪ノ下はなおもぶつぶつ言いながらパンさんらしきものを見ている。これは取らないとなかなかここから動きそうにない。

どうするかな、あんまり自信ないけどとれるかどうかちょっと試してみるかな……。

懐具合を計算していると、由比ヶ浜が小さく声を上げた。

「あ、そだ」

そして、くいくいと俺の袖《そで》を引いてくる。

「え、なに……」

「ん」

勝手にドギマギする俺をよそに、由比ヶ浜《ゆいがはま》はさらにちょいちょいと手招いてくる。どうやらちょっとしゃがめということらしい。指示に従って軽く頭を下げると、由比ヶ浜がそっと内緒話するように俺の耳元に顔を近づけた。

こんな体勢を取ればお互いの位置が近づくことくらいわかりきってる。今更驚くようなこともなければわざわざ意識するようなことでもない。

なのに、普段とは違う柑橘系の香水に鼻をくすぐられ、冬の風にさらされほんのり桃色に染まった頬《ほお》が目の前に迫ると、どうにも顔の向きに困る。

浅く静かに息を吐いてから、話を促《うなが》そうと由比ヶ浜に目をやると、由比ヶ浜も小さく小さく吐息を漏らしていた。そして、俺の耳元でぽしょぽしょとしゃべり始めた。

「あのさ、ゆきのんのプレゼント買い行くのどうする?」

「あ、あー……」

言われて考える。

もうすぐ雪ノ下《ゆきのした》の誕生日である。そして、先日のクリスマスの折に、そのプレゼントを買いに行く約束をしたのだった。

いや、その約束を忘れていたわけではまったくなく、むしろ、どうすればいいのかと考えていた。

いつどこで誰と何をどうやって買うか、それどころかどうやって話を切り出したらいいのかという5W1Hレベルから考えていた。自分から人を誘うのって難しいんだよね。日付決めたりするのほんと苦手。こっちが勝手に決めるのは迷惑だろうし、かといっていつがいいか聞くのも相手に丸投げしているようで気が引ける。なんだこの一生決まらないパターン。

ともあれ、向こうから言ってくれたのはありがたい。

あんまり先延ばしにすると、またぞろいろいろ考えてしまい、最終的に行きたくなくなるに決まっているので、即決することにした。

「……明日とか、暇か？」

が、あまりに即決過ぎたせいか、由比ヶ浜はちょっと面食らっている。

「う、うん。空いてるけど……」

お団子髪をくしゃりと弄《いじ》ると、言いづらそうに口元もにょらせ、視線をそわそわ彷徨《さまよ》わせる。そして、躊躇《ためら》い交じりにぽしょりと、囁《ささや》くように言った。

「二人きり……、でも、だいじょぶ？」

「いや、それはまぁ、全然……」

おずおずと窺《うかが》うような視線に俺がへどもどで答えると、由比ヶ浜は短い吐息を漏らし、こくこく頷《うなず》く。

「そ、そっか……。うん、なら、いいんだけど」

「あ、ああ……。じゃあ、明日……」

「うん……」

返事したきり、由比ヶ浜《ゆいがはま》は黙ってしまい、俺もなんとなく黙る。

その沈黙がどうにも手持ち無沙汰《ぶさた》で、気恥ずかしさを誤魔化すようにお互い周囲へ視線を巡らせた。

と、射的の屋台のほうから、ちょうど雪ノ下《ゆきのした》が肩を落としてとぼとぼと歩いてくる姿を見つけた。

「どうした、もういいのか」

声をかけると、雪ノ下はふっと悲しげな笑顔で吐き捨てるように言う。

「ええ、もういいわ、あんなもの……」

「は?」

俺と由比ヶ浜は顔を見合わせ、小首を傾《かし》げる。

一体何があったのだろうかともう一度射的の屋台へ目を向ける。

手庇かざして目を凝らし、よくよく見れば、雪ノ下がずっと見ていたぬいぐるみはパンダのパンさんではなく、パンダのパン田さんだった。あるよなー、こういうお祭りっぽいところだと。なっちゃんじゃなくておっちゃんとかアディダスじゃなくてカジダスとか。

「あー、パチモンってやつか」

ふむふむ納得しながら言うと、雪ノ下《ゆきのした》は顎《あご》に手をやり小首を捻《ひね》った。

「パチモン？　なんだか聞いたことのある名前ね。確か苗字はひ、ひき……」

「ちょっと？　それ俺のことじゃないよね？　ていうか名前どころか苗字もうろ覚えなの？」

言うと、雪ノ下はさも心外そうに肩にかかった髪を払う。

「失礼ね、ちゃんと覚えているわよ」

「失礼なのはそっちなんだよなぁ……」

まぁ、名前を覚えられているならいいかな、とひよってしまうどうも俺です。世の中には川なんとかさんだなんて呼ばれてろくに名前覚えられてない人もいるしね！　川なんとかさん、今頃どうしてるかなぁ……。

× × ×

元来た参道を戻り、大鳥居をくぐって、国道沿いへと出る。

広い国道を冷たい風が吹き抜けていった。思わず身震《みぶる》いし、俺も由比ヶ浜《ゆいがはま》もコートの襟《えり》を掻《か》き合わせる。

一方、雪ノ下は寒いのは別段苦手でもないのか、そっとマフラーの首元を直しただけだった。ただ、その表情にはやや疲れが見え、雪ノ下がふーっと吐《つ》いたため息は白くたなびいて消えていく。まぁ、人混み苦手だしな、こいつ。いや、俺もだけど。

年を越して、さらに客足を増し始めた駅までの道をちらと見て、俺もため息を吐く。

「京成は混んでそうだな……」

言うと、由比ヶ浜がはたと手を打つ。

「あ、じゃあ、京葉線のほうまで行く?」

由比ヶ浜の視線は国道を挟んで海側、俺たちの通う総武《そうぶ》高校のほうへと向けられている。京葉線の駅は神社から若干離れているため、最寄り駅より人混みはましだろう。それに、俺たちにとっては歩き慣れた道だ。さしたる距離もない。

「そうだな。……いいか?」

問いかけると、雪ノ下は無言でこくりと頷《うなず》く。

「よし、じゃあ行こう!」

由比ヶ浜が元気よく雪ノ下の背中に飛びつき、急《せ》き立てるように歩き始めた。雪ノ下は抵抗する気もないのか、そのままふらふらと押されていく。

国道沿いは煌々《こうこう》とした街灯と行き交う車のライトで明るく照らされている。近くの公園では若者たちがカウントダウンで騒いでいたのだろうか、その延長線上のノリで花火なんかをしていた。

新年に浮かれる深夜の街を、こつこつとアスファルトを鳴らしながら歩く。いつもの夜とは違い、そこかしこでざわめきが聞こえ、灯《あか》りが点在する世界は非日常性に満ちていて、前を歩く二人の姿をどこか幻想的に見せる。

鼻歌交じりにてくてくとリズミカルに刻む足音。それにつかず離れずしずしずと、ゆっくり音を立てずに進むブーツ。

風が吹くごとにコートとマフラーをはためかせ、時折、ついてきているか不安げに後ろの俺を振り返る。そのたびに、なんだか笑ってしまう。別にわざわざ確認しなくてもちゃんといるっつーの。

やがて、駅が近づいてくると、すれ違う人の数が増えてくる。

大晦日から元旦にかけて、電車は一日中動いているのだ。これから初詣《はつもうで》に出かける人もいれば、年を越して家へ帰ろうという人もいるのだろう。

俺たちもその流れに乗って、駅構内へと向かった。俺と雪ノ下《ゆきのした》はこのまま電車に乗って帰ればいいのだが、残る由比ヶ浜《ゆいがはま》は家がこの辺だ。さて、どうしたものかしらと視線を由比ヶ浜にやる。

「由比ヶ浜はどうする?」

「あたしは……、どうしよっかな」

由比ヶ浜がちらっと雪ノ下を見やると、頷《うなず》きが返ってくる。

「別にうちに来ても構わないけれど」

「ほんと⁉」

「ええ」

微笑《ほほえ》みと共にそう返すと、雪ノ下はくあと子猫のような欠伸《あくび》をする。

「んじゃ、とりあえず、雪ノ下んちのほうまで行くか」

言うが早いか、さっさと改札を越えて上り線ホームへと向かった。どのみち、こんな時間に女の子たちだけで家へ帰すというのも気が引ける。送っていくのが人の道というものだろう。

ホーム上にも人の姿がちらほらあり、やってきた電車もそれなりに人が乗っていた。それでも、神社の最寄り駅から乗るよりは随分と人が少ない。臨海部には大きな神社もないおかげで、あまり二年参りの影響は出ていないようだ。

ちょうど空いていた席に三人並んで座ると、電車はゆっくりと動き出す。

その細かな振動と足元からぬくぬくと伝わってくる暖房が心地よい。ついついふーっと安堵《あんど》にも似たため息が出た。すると、それを聞いていたのか、由比ヶ浜がくすっと笑った。

「外、寒かったもんね」

「まぁな。やっぱ冬の夜とか出かけるもんじゃねぇわ」

「でも、楽しかったじゃん。なんか夜ってテンション上がるし！」

由比ヶ浜がキラキラと目を輝かせて言う。なに、その夜遊び大好き宣言……。いや、まぁ、夜中の散歩とか深夜のコンビニとかちょっとワクワクする気持ちはわかりますけどね……。

と、由比ヶ浜《ゆいがはま》とは逆サイド、傍《かたわ》らの雪ノ下《ゆきのした》が黙ったままなのに気づいた。

ふいっと視線をやると、雪ノ下はうつらうつらと舟を漕いでいる。あらあら、初夢は宝船かしら。縁起がいいわね、うふふふふ。いや、初夢って元日から二日の夜に見るもんだっけ？　じゃあ、これは初夢とは言わんのかな……。

などと、余裕ぶっこいて考えていられたのもこの瞬間だけだった。

雪ノ下の身体が揺れ、次第に、俺のほうへと倒れてくる。肩に、ゆっくりと重みがかかり、流れた髪からシャンプーの香りがふわと立ち上った。

コート越しに感じる柔らかさと温かさ。

そして、すぅすぅと静かな寝息が耳に届く。

走る振動と窓を打つ風の音、乗客たちのざわめきで車内には音が溢《あふ》れていた。それでも、電車が揺れるたびに右側から微《かす》かに聞こえる吐息は耳朶を打つ。

不意の接触のせいで、身体が硬直していた。変に動けば雪ノ下を起こしてしまうし、かといってこのままというわけにもいかない。

だって、恥ずかしいし、なんか照れるし。

どうすればいいのん？　と困惑しつつ、小声で呼ばわってみた。

「お、おい……」

が、それを由比ヶ浜《ゆいがはま》が人差し指でしーっと遮《さえぎ》る。

「ゆきのん、疲れてるみたいだし」

小声で耳打ちされてしまうと、逆らうことができない。普段であれば適切に距離をとろうとしたろうが、生憎《あいにく》と逃げる方向は雪ノ下《ゆきのした》の細身でふさがれてしまっている。

だから、俺にできるのはその場でこくこくと頷《うなず》くことだけだ。

由比ヶ浜は身体を若干前に倒して、膝に頬杖《ほおづえ》つくと、微笑《ほほえ》みながら雪ノ下の顔を覗《のぞ》き込む。そうしていると、時折上目遣いの視線と目が合ってしまう。すると何がおかしいのか、由比ヶ浜はくすりと笑う。おかげで、さらに落ち着かない気分にさせられた。

結局そのままの姿勢で行くこと数駅。

その数駅は、千葉ってこんなに広かったっけ？　と錯覚するほどに長い時間に感じられた。

×　×　×

聞き慣れた車内アナウンスが目的の駅に近づいたことを知らせると、電車がゆっくりと減速する。

そこまで来ても、相変わらず雪ノ下は艶《つや》めいた唇から静かな吐息を漏らし、薄い胸を微《かす》かに上下させていた。

その小さな挙動がどうにも気にかかり、さりとてまじまじと見るわけにもいかず、俺は不動の姿勢のままで固まっていた。

さて、もう駅についてしまうがどうしたらいいのでしょう……。

困り果てていると、傍《かたわ》らに座っていた由比ヶ浜がすっくと立ち上がり、雪ノ下の前へと歩み出た。

「ゆきのん、降りるよ」

声をかけながら、由比ヶ浜が優しく身体を揺する。すると、雪ノ下はうにゃうにゃと声にならない声を出して、うっすらと瞼《まぶた》を開いた。

そして、寝ぼけ眼《まなこ》のまま、固まることしばし。

自分の置かれている状況を正しく理解したのか、はっと顔を上げると、すぐさまその場から飛び起きる。

「ご、ごめんなさい……」

「や、別にいいけど……」

言いながらも、目を逸《そ》らしてしまう。逸らしついでに、肩を軽く回す。

つい今しがたまで感じていた肩の重みから解放されて、こきこきと首を鳴らした。凝りはいくらか取れたようだったが、ぬくもりは未《いま》だ残っている気がした。

電車から降りると、吹きっさらしのホームで風が頬を刺す。そこから逃れるように足早に階段を下り、改札を抜けた。

昼間は人通りの絶えることない駅前も、さすがにこの時間は閑散としている。ちらほらと人の姿はあるものの、風の冷たさも相まって、静謐《せいひつ》な雰囲気が漂っていた。

静かな冬の街並みを歩きながら、雪ノ下《ゆきのした》の住むマンションへ向かう。前を行くのは雪ノ下と由比ヶ浜《ゆいがはま》、俺はその後をてこてこついていく。

駅からすぐ近くにある公園の細い脇道を通っているとき、心なしか、俺と雪ノ下の距離が離れているように感じた。いや、まぁ、俺もなんだか顔を合わせづらいので、別に構わないのですが……。

ぼんやりとした街灯が照らす二人の様子は対照的だった。

雪ノ下は深い深いため息を吐《つ》き、頭痛に耐えるようにこめかみを押さえている。どうやら先ほどの自分の失態に自己嫌悪を感じているらしい。

一方の由比ヶ浜はふはぁと満足げにため息を吐く。そして、小さな声で嚙《か》み締めるように呟《つぶや》いた。

「ゆきのんの寝顔、可愛《かわい》かった……」

それにぴくっと雪ノ下が肩を震《ふる》わせる。

じっと無言で由比ヶ浜を見ると、ぷいっと顔を逸《そ》らしてしまった。その恥ずかしがる様子がツボに入ったのか由比ヶ浜が楽しげに笑う。

「なんか楽しいね！」

「そうかしら」

雪ノ下の声音《こわね》はどこか恨みがましい。だが、それに返す由比ヶ浜の声はその北風めいた声さえも照らすように明るかった。

「うん、楽しいよ！」

そうはっきり断言されてしまうと、雪ノ下も、俺も、言葉に詰まってしまい、代わりに微笑《ほほえ》みが漏れた。

まぁ、確かに。別につまんないってわけではない、な。

そんなことを考えていると、数歩先んじていた由比ヶ浜がくるりとその場でターンして振り返った。

「あ、そうだ。初日の出！　海近いしさ、初日の出見ようよ！」

いきなり口にされた素《す》っ頓狂《とんきょう》な提案に、さっきまでの微笑みはすっかり引っ込み、俺の口からは苦い声が漏れ出てくる。

「えー……」

「なんでそんな素直な反応するし……」

由比ヶ浜はジトっとした視線を俺に向けてくる。だって、今の時期の日の出って朝六時とかだよ……。そんなに起きてらんないよ……。

「というより、千葉市は東京湾の西側を向いているから、海からの日の出は見えないのだけれど……」

雪ノ下《ゆきのした》が困惑気味に言うと、由比ヶ浜《ゆいがはま》がぎょっとする。

「そ、そうなの？」

その態度を見て、雪ノ下がことさらににっこりと微笑《ほほえ》んだ。

「ええ。太陽は東から上ってくるのよ」

「そ、それくらい知ってるから！」

どうやらさっき寝顔云々《うんぬん》に触れられたお返しらしい。年を越しても相変わらず仲良いですね、君たち……。

「まぁ、市内はあれだが、千葉県だと銚子《ちょうし》の初日の出が有名だな」

関東最東端の犬吠埼《いぬぼうざき》は山頂・離島を除き、日本で一番早く初日の出を見ることができる。おかげで元日は結構な人出があり、渋滞することもままあるのだそうだ。今頃はちょうど車で繰り出している人も多くいるのだろう。

以上、今日の千葉豆知識でした〜。

などと、語った結果、お二方ともドン引きしてらっしゃいました。

雪ノ下はふぅっと疲れたようなため息を吐《つ》き、由比ヶ浜はしらっとした目つきで俺を見て、げんなりしていた。

「でた、いつもの千葉のやつ……」

ほっとけ。むしろ、いい加減慣れろ。

そんな話をしているうちに、雪ノ下のマンションについてしまった。

エントランスまでやってくると、雪ノ下が俺に向き直る。

「それじゃあ、ここで。……送ってくれてありがとう」

はにかむように言われた御礼になんと返すのが正しいのか今一つわからず、ただ大した事でもないと頷《うなず》きを返す。

「……じゃ、帰るわ」

「うん」

「ええ、おやすみなさい」

二人の言葉に軽く手を上げて応えると、俺はマンションを後にする。エントランスの自動ドアを抜けて、再び夜の闇に身を浸し、煌々《こうこう》と灯《とも》るタワーマンションの灯《あか》りを見上げた。

思いがけない元旦になったもんだ。

一年の計は元旦にあり、という言葉から考えると、どうも今年は波乱含みの一年になるらしい。けれど、それがあまり嫌なことのようには感じない。

正月は冥土《めいど》の旅の一里塚めでたくもありめでたくもなし。

確か一休宗純《いっきゅうそうじゅん》の言葉だったか。その言に則って考えるのであれば、何事も表裏一体考え方によって変わるのだ。もっとも裏読みに長けてしまったこの気性ではどうしてもマイナス面にばかり目が行きがちなのが困りものだが。

そんなことを思いながら、マンションから離れる。

すると、後ろの自動ドアが開く音がし、ぱたぱたと足音が追いかけてきた。振り向くと、由《ゆ》比《い》ヶ浜《がはま》が立っている。

「ヒッキー」

「どした」

何か用でもあるのかと問うと、由比ヶ浜はお団子髪をくしくしと撫《な》でながら軽く身を捩《よじ》る。

そして、小さく息を吸った。

「えっと……、また、明日ね」

ちらとこちらを窺《うかが》うような上目遣いの視線。

年明けの特別な夜に、何の変哲もないいつもの言葉。それがなんだかおかしくて、つい笑《え》みがこぼれた。

「……ああ。また明日な」

しっかりと目を見て返事をすると、由比ヶ浜が手を振り、マンションの中へ戻っていく。それを見送って、俺は何も変わらない新しい一年に踏み出した。

9 知っていることと知らないことについて、比企谷八幡は考える。

冬晴れの空を見上げると、頭上をモノレールが走っていった。

それを視線で追いながら、ため息を吐《つ》いた。白い息は薄くたなびき、やがて風に巻かれて消えていく。

今日これからのことを考えると、どうにも気が重く、深いため息が出てしまう。

いや、別に今日に限ったことでもない。

たぶんこの先も同じような日が来るのだ。

いずれ「次」がある可能性が存在していることも理解している。

約束、といえるかはわからないが、一応約束をしたつもりだ。

問題はいつどこでどんなふうになんて言えばいいのかということだ。人付き合いの経験が薄いとこういう時に困る。みんな、遊び行く時とかどうやって誘ってんの？

まぁ、それはそれとして。

とりあえずは今日のことだ。

昨日、初詣《はつもうで》から帰ってきた後、プレゼントの買い物の件で由比ヶ浜《ゆいがはま》からメールが来た。

待ち合わせ場所は千葉駅のビジョン前。わかりやすいことこの上ない。駅から出てきたらすぐに俺の姿を発見できるだろう。その逆もまたしかり。そう考えると白い息を吐く頻度も上がる。

やがて、改札から由比ヶ浜がやってくる。俺に気づくと大きく手を振ってきた。

「やっはろー！」

「おお」

「ごめん、ちょっと遅れちゃた！」

由比ヶ浜はベージュのコートを忙《せわ》しなくはためかせ、ブーツの底をぱたぱた鳴らして走ってくる。裾《すそ》がひらひらするたびに、膝近くまである丈の長いニットとキュロットジーンズがちらと覗《のぞ》いた。

「で、どこ行く」

「ちょっとぷらぷらして選ぼうかなって」

言うと、由比ヶ浜はぐるーっと駅の周りを指差しながら歩き出す。

「まぁ、任せるけど……」

女の子へのプレゼントで何を買えばいいかなんてよくわからない。こういうのはわかる人に任せるに限る。

餅は餅屋、蛇の道は蛇、カエサルの物はカエサルのもとにとも言う。いや、最後のはなんか違うな……。

ともあれ、由比ヶ浜《ゆいがはま》のセンスを頼らせてもらうほうが良かろう。なので、俺はてこてこと大人しく由比ヶ浜についていくことにした。

千葉はお買い物天国だ。

そして、高校生のお買い物の場所の定番と言えば、パルコだろう。

千葉市の若者の強い味方、それがパルコ。おそらく、千葉のナウでヤングなオシャレピープルたちは服をどこで買うかでパルコ教とららぽ教に分かれて争っているに違いない。そのパルコ教も千葉パルコ派と津田沼パルコ派で醜い骨肉の争いをしているはずだ。

やめて！　みんな仲良くして！　同じ千葉市民じゃない！　津田沼は習志野市だけど！　それにもう千葉パルコはないのよ！　争いは終わったの！　オシャレな服が欲しければ、みんな東京行けばいいのよ！　千葉にオシャレなものがあるわけないんだから！

などと、心中で反戦の訴えを高らかに叫んでいると、由比ヶ浜が前方をぴっと指差す。

「あ。じゃ、Ｃ・ｏｎｅからいこっか！」

Ｃ・ｏｎｅ。知ってるぞ、あれだ。一蘭が入ってるところだ。

一蘭はカウンター席が仕切られているおかげで食事に専念できる味集中システムでおなじみ。ちなみにこの味集中システムは特許を取得している。その理論で行くと、ぼっちは人生集中システムを搭載してることになる。早くっ！　早く特許を取得しなきゃ！

などと無駄に逸る気持ちを抑えながらさっそくＣ・ｏｎｅへと移動する。

初売りの飾りが出ているモール内は、店がずらっと軒を連ねていた。高架下を利用しているため、長い一本道がずっと続いているのだ。お正月クリアランスセールとやらのおかげか、いつにも増して活気に満ちている。

とりわけ買い物中の由比ヶ浜は元気いっぱいで、店員さんとあれこれお話ししながら、服を選び、ファッション談議に花を咲かせていた。

そんな中に男子が入っていけるわけもなく、一歩どころか三歩ほど離れた場所に立ち、早速置いてけぼり感満載の俺である。

「ね、ね、ヒッキー！　これ！　超可愛《かわい》くない⁉」

「ああ、いいんじゃないの」

もう別に何でも……と後に続く言葉は飲み込んでおく。

「これなら春も使えるかなー」

由比ヶ浜はあれこれ服を手にとってはきゃっきゃとはしゃいでいる。どうでもいいけど、雪《ゆき》ノ下《のした》のプレゼント買いに来てるんだよね？　自分の買い物じゃないよね？

由比ヶ浜はファー付きのパーカーを着て姿見の前でくるりと回ったり忙しそうにしている。

男子の俺が店内に入るのはどうにも憚《はばか》られたので遠間から見守っていることにした。

こういう姿を見るといかにも女の子って感じがする。雪ノ下とは対照的な印象だ。

かつて、由比ヶ浜《ゆいがはま》へのプレゼントを買いに雪ノ下《ゆきのした》と小町《こまち》、三人で出かけたときは、雪ノ下の今どき女子高生感のなさに驚いたものだ。

……まぁ、俺も人のことは言えないのですが。

というより、俺と雪ノ下を同じ扱いにしては失礼だ。

少なくとも雪ノ下は自分に似合うものは把握しているようだし、ファッションに対して無関心というわけでもない。それなのに、由比ヶ浜の誕生日プレゼントを買いに行ったときに苦戦したのは、人のために選ぶ、という行為が苦手だったからなのかもしれない。

その生真面目な不器用さはひどく雪ノ下らしい。

問題はそのぶきっちょさんはプレゼントをもらう場合はどうなのかということである。

「俺もちょっとその辺見てくるわ」

由比ヶ浜のそばを離れ、そのあたりをぷらっとふらつくことにした。実際に物を見ながら考えれば多少は何か浮かぶだろう。

雪ノ下にプレゼントか……。

なんだろう……。

ぶきっちょな雪ノ下さん、つまり、略してぶきのしたさんなわけだが、困るよ、ぶきのん。

趣味以外だと実用的な者を好む奴だ。というより、趣味的な部分があれだ。読書関係は自分で揃《そろ》えてるし、一人暮らしだから生活関係の物や料理道具だって自前で充分にあるだろう。まな板も標準装備だし。

なんだなんだ一体何にしたらいい……。

ふらふらと歩くうちにディスティニーグッズのお店が目に入る。

えーっと、パンさん……は俺なんかよりあいつのほうがずっと詳しいから無しだな。

さらに進めばペット関連商品の店がある。

猫は……、あいつ別に飼ってないし。……飼ってないんだよなぁ。もう飼えばいいのに。

雪ノ下のマンション、ペット禁止なのかしら。あと猫の写真集みたいなの渡してもな、あいつ超持ってそうだし……。

かといって、そこのアクセサリーショップみたいなところで何か買ってもなぁ……。

うんうん唸《うな》りながら付近の店をぐるぐるしていると、元いた場所に戻ってきてしまった。

そこで、何着か服を抱いた由比ヶ浜があたりをきょろきょろしている。

「あ、ヒッキー！　なんで勝手にどっか行くし……」

俺を見つけて、由比ヶ浜が大きく手招きしてきた。

「いや、だってこういうとこ居づらいんだもん……」

「なんで？」

わけがわからんというふうに由比ヶ浜は首を捻《ひね》る。

「なんでって……、なんか恥ずかしいだろ……」

「恥ずかしい？　なんで？」

なんでなんでなんでってお前はブラックビスケッツのタイミングかよ。そんなんおっさんしか知らないだろ。

しかし、俺自身、うまく理由を説明する言葉が思いつかない。ただ心情的な面というか、雰囲気を伝えることしかできない。

「いや、だって、ほら……なんか、あれだろ。二人でこういうとこいるとあれだろ……」

「は？　別にそんなこと気にしな……」

が、そこで由比ヶ浜《ゆいがはま》の声が止まった。それまでしきりに首を傾《かし》げ、眉根《まゆね》を寄せていた表情がみるみるうちに朱に染まっていく。

「な、なんかあたしも気になってきた……」

「だろ？」

さすがはガハマさん。雰囲気というか空気を読むスキルには定評がある。俺の曖昧模糊《あいまいもこ》とした言葉でもちゃんと汲み取ってくれたらしい。

とはいえ、今二人きりの状況では、それを汲み取られてしまうのも、余計に気恥ずかしさを助長してしまうのが難点だ。

由比ヶ浜が頭を抱え、小さな声でぽしょりと呟《つぶや》く。

「やっぱり小町《こまち》ちゃん誘えばよかったかも……」

「それは難しいな……」

あいつ、気を利かせているつもりなのか、放置して勝手にいなくなったりするし……。以前、雪ノ下《ゆきのした》とらぽーとへ行った時もいつの間にか消え失《う》せていた。あの子はこういう時、頼りになるようでまるでならないのである。

「そっか……、小町ちゃん、受験生だもんね」

いや、そういう理由でもないのですが、と言い添えようと思った矢先、由比ヶ浜ががばちょと顔を上げた。そして、ぐっと拳《こぶし》を握り、えいえいむんと力を込める。

「うん、頑張る！」

「何を……」

問うたものの、由比ヶ浜は聞いちゃおらず、何事かうーんと考えている。そのうち考えがまとまったのか、がさっと手に抱えた服を持ち直すと、俺を窺《うかが》うように首を傾げた。

「ちょっと悩んでてさー……。ヒッキー、いい？」

「役に立たなくてもいいならな」

「うん！　……いや役には立ってほしいけど」

「善処する」

言うと、由比ヶ浜は店奥の姿見の前へと向かう。俺もその後に続いた。

「セーターとかカーディガンならブラウスの上から着れるし、学校でも使えるかなーって思ったんだけどさー」

言いながら、由比ヶ浜《ゆいがはま》はコートを脱ぎ、さらにその下に着ていたニットも脱ぎ始める。見てはいけないような気がして瞬時に目を逸《そ》らした。試着室使えよ……。あれか、下にシャツ着てるからそういうの気にならないとかなの？　俺は気になるからやめてください。

店内にはBGMがかかっているはずなのに、衣擦《きぬず》れの音が嫌に大きく聞こえ、由比ヶ浜の息遣いが嫌でも耳に入ってくる。

「よっと……。どう？」

声をかけられてようやく振り返ることができる。

もこもこと温かそうな縦編みのセーターだ。

「どうと言われても……まぁ、いいと思うけど……」

良いも悪いもない。よく似合ってる。

ただ問題があるとすれば、これは由比ヶ浜のものでなく、雪ノ下《ゆきのした》へのプレゼントという点である。雪ノ下がそのカーディガン着るとたぶん生地余るんじゃないかなぁ……、うん、その、どこの部分がとは言わないけど。

「でも、雪ノ下のサイズとか気にしなくていいのか」

服選びの基本は自分に合ったサイズを着ることだ。シルエットを大事に云々《うんぬん》かんぬんとまぁこのあたりは小町《こまち》の受け売りなんだけど。ちなみに今日の俺の服もドン小町のファッションチエックを受けている。俺の選んだ服は「踏んづけてやる！」と言わんばかりの酷評だった。いや、それはピーコじゃねぇか。あれ、おすぎだっけ？　まぁ、なんでもいいや。

「サイズ……」

その単語を復唱し、由比ヶ浜がふにっと自分のお腹あたりを摘まんだ。

「大きい、かな……」

そう言った顔には絶望が浮かんでいる。さらにお腹のあたりにあった手は二の腕へと移動し、ますます表情が暗くなっていた。大丈夫！　大きくないよ！　大きいけど、まぁ、大きくないよ！　というか、小っちゃくないよ！

「いや、その、大丈夫。というか、全然ちょうどいい、というか……」

フォローというわけでもないが、一応しどろもどろで言い繕ってみる。だが、俺の挙動不審さが為《な》せる業《わざ》なのか、由比ヶ浜は疑わしげなジト目を送ってくるだけだ。あー、もう！　こういう時、なんて答えるのが正解なんだよぅ！

「まぁ、よく似合ってるし、俺はそれでいいと思うけど」

なんとか言葉を絞り出した。

「……えへへ、ありがと」

由比ヶ浜はようやく笑顔になり、セーターを脱ぐとそれをいそいそと畳み始める。直視するわけにもいかず、気恥ずかしさに顔を逸らしながら、ふと気づいた。

「けど、雪ノ下《ゆきのした》は普通に校則守るから、学校ではそういうの着ないだろ」

だいぶ形骸化してはいるものの、うちの学校にも校則というものがある。無論、そこには服装についての規定も存在していて、セーターやカーディガンは学校指定のものが存在する。もっとも律儀に守っている生徒もさしていないので気にするほどのものでもないが、雪ノ下含む一部の真面目な生徒はちゃんとその校則に従っているのだ。

「そっか。そだね。そうなると……」

考えながら由比ヶ浜《ゆいがはま》は小脇にセーターを抱えたまま、今度はマフラーや手袋といった小物類がまとめられた棚へと足を向けた。

その棚を物色していると、あ、と小さな声をあげる。

「かわいー！　これでサブレと遊んだら楽しそうかも」

言って取り出したのは猫の手を模したミトン。そして、犬の顔を模したミトンだ。

猫の手を模したミトンはそのまま猫の手って感じ。一方犬の顔ミトンは手の甲側には顔、ついでに耳がついていて、親指側には下あごがある。由比ヶ浜はそれを嵌めて、わしわしと手を動かす。

「なんかつかみづらいかな……」

「ミトンってそういうもんだろ」

うーんと考えていた由比ヶ浜は何か思いついたように顔を上げると、握っていた手をぱっと広げる。

「えいっ、がぶっ」

そして、ミトンのわんちゃんが俺の手に噛《か》みついてきた。

「……な、なんちゃって」

誤魔化すように言って由比ヶ浜はかぁっと顔を赤くする。恥ずかしいならやらないでください。俺も恥ずかしいです。俺はやんわりとミトンから抜け出し、その手で軽く顔を扇ぐ。暖房効きすぎだろ、この店。

「どうでもいいけど、そういうデザインの外でしないだろ、あいつ」

「……そうかも」

由比ヶ浜は納得したように頷《うなず》いた。実際、雪ノ下の普段の服装からそういうあからさまに可愛《かわい》い系のものは身につけていないような気がする。貰っても使わないのではないだろうか。

……いや、どうだろう。由比ヶ浜からのプレゼントなら、案外冷静そうな顔しながら、内心ウキウキで手袋嵌めそうな気もするけど。

「他も探さないとダメかぁ……」

由比ヶ浜は猫の手ミトンをぷらぷらさせながら、考え考えし、さらに物色を続ける。

「あ、これいいかも」

そう言って棚から引っ張り出してきたのは猫の足によく似た靴下だ。

「靴下か。なんか靴履きづらそうだな、それ」

「ルームソックスだから！　さすがに外でこのデザインは履かないでしょ」

その理屈だとさっきの手袋も絶対外でしないと思うんですけど……。まぁ、しかし言われてみれば、足の裏側にあたる部分にはピンクの肉球を模したゴムがついていて滑り止めになっているらしい。

「家の中で履くものだから人目気にしなくていいと思うんだけど……どうかな？」

「まぁ、喜ぶんじゃねぇの」

たぶん、由比ヶ浜《ゆいがはま》が贈ったら雪ノ下《ゆきのした》はなんだって喜ぶと思う。品物そのものよりも誰に贈られたかのほうが重要なのだ。何を言ったかより、誰が言ったかのほうが大事だったりするしな。

「よし、これにしよう」

由比ヶ浜はがさがさと手に抱えたものをまとめてレジへと向かう。その中にはさっきのセーターとミトン二つが含まれていた。猫の手ミトンも贈るのか……。

それにしても、猫の手、猫の足か……。

ここってついでにしっぽとか売ってねぇの？

×　×　×

ったし。

さて、俺は俺でちゃんと探さなければならない。さっきのお店に猫のしっぽは売っていなか
そんなわけでやってきました。そごう千葉店センシティ。もう名前からして流行とかに敏感そう。それはセンシティじゃなくてセンシティブだな。

普段なら紳士服売り場に行くのだが、今日は雪ノ下のプレゼントを買いに来ている。自然、レディースものを取り扱うフロアへと向かうことになった。

といっても、俺がファッションに詳しいわけもなく、由比ヶ浜に先導してもらっている。

由比ヶ浜が選んだのは洋服はもちろんのこと、その他小物アイテム各種を取り揃《そろ》えているお店だった。

「いろいろ見てみるといいんじゃない？　手袋とかアクセとかマフラーとか……。あとなんか雑貨系とか……」

言われて、俺も店の中でいろいろ物色する。

由比ヶ浜が近くであれこれ勧めてきてくれるので、今のところ店員さんから通報されたり、これみよがしに警備員が巡回することもない。もし、ここに俺が独りで入っていたら店員さんから「何かお探しですか？」と聞かれ、ずっと張り付かれかつレジ奥からもバリバリ視線を感じたに違いない。ソースは前にふらっと立ち寄った時の俺。男の一人客が珍しいのはわかるのですが、もう少しその、警戒レベルを下げてもらえると助かります……。

店員さんの視線を気にしながら棚から棚へと動いていると、由比ヶ浜《ゆいがはま》が足を止めた。その棚のポップにはアイウェアと記されている。

なんだよアイウェアって。眼鏡《めがね》って言え眼鏡って。何でもかんでもカタカナで呼びやがって。慣れねぇと全然わかんねぇんだよあれ。ハンガーも衣文掛けでいいだろ。ミートソースをボロネーゼって言ったり、スパゲッティをパスタって言ったりまったくもう。いや、ミートソースもスパゲッティも普通にカタカナだな……。日本語でなんて言えばいいんだろう……。

悩んでいると、由比ヶ浜がとんとんと俺の肩を叩《たた》いてくる。

振り向くと、由比ヶ浜はなぜか自慢げな様子で眼鏡をかけてくいくいやっている。

「ふふん。なんか頭よさそうじゃない?」

「眼鏡=頭いいっていう発想がもう相当頭悪いだろ……」

「うるさいばか」

拗ねたように言うと、由比ヶ浜はさらにアイウェアをあれこれ手にとってはデザインを確かめている。俺もそれに倣《なら》って手に取った。

へぇ、いろいろあんのね。

デザインだけでなく、機能性も備えているらしい。花粉対策にだの、ブルーライトカットだのと注釈が添えられていた。単純な視力矯正目的以外での眼鏡使用が一般化してきたおかげなのか、お値段もそれなりに手ごろだ。

物色を続けていると、由比ヶ浜がそのうちの一つを俺に差し出してきた。

「あ。ほら、ヒッキーもかけてみてよ。これとか」

「えー……」

これ絶対バカにされるパターンなんだよな……。躊躇していると、急《せ》かすように由比ヶ浜がぐいと眼鏡を押し付けてくる。

「ほら、早く！」

覚悟を決めて眼鏡をかけるために気合いを入れた。ペル、ソナ……っ！　ちなみに4より3のほうが好きな俺としては召喚する時はぜひとも頭に拳銃つきつけたいであります！

「こんな感じか」

すちゃっと眼鏡を装着し、人差し指でくいっとフレームを押し上げる。すると、由比ヶ浜が吹き出した。

「似合わなっ！」

「うっせーな……」

だから嫌なんだよ……。辟易しながら眼鏡を外すと、由比ヶ浜はさらにもう一つ、今度は別のデザインの眼鏡を渡してくる。

「じゃー、次は……これっ」

「やだよ」

「いいじゃん。はいっ」

そう言ってぐいっと押し込まれた。ええい、鬱陶《うっとう》しい……。半端に耳に引っかかった眼鏡《めがね》を掛け直し、文句の一つでも言おうと由比ヶ浜《ゆいがはま》に向き直った。

すると、由比ヶ浜はぽけっと口を開けたまま、こっちを凝視していた。

「…………」

「いや、無言て」

自分で振っといてまさかのノーリアクション……。何か言うべきだろうと視線を向けると、それに気づいた由比ヶ浜が慌てて手を振った。

「あ。ううん、なんでもない。……なんか、意外に似合う、かも」

「……それはどうも」

褒《ほ》められると、それはそれでこっちもリアクションに困る。

しかし、意外に、か。

知っていたつもりでも、知らないことはたくさんある。普段、眼鏡を掛けない由比ヶ浜も、掛けてみたら案外似合うとか。

いつだか雪ノ下《ゆきのした》が後悔するように言ったことがある。由比ヶ浜のことを全然知らないでいたのだと。

それは俺も同様だ。

以前の俺は本当に知ろうとしてこなかったのだろう。

たぶん、雪ノ下のことだけでなく、由比ヶ浜のことも。

けれど、今はほんの少しだけれど。理解には程遠くて、理想的とはとてもじゃないがいえなくて、それでもちゃんと三人で時間を積み重ねてきた。半年ちょっとなんて全然大した時間ではない。それでも、あの頃よりは確かに彼女のことを多少は知っている。

俺の知っている雪ノ下雪乃《ゆきの》……。

由比ヶ浜にねだられると押し切られてしまい、猫が大好きで、休日はパンさんクッションを抱いてパソコンで猫動画を見ている。

意外に知っているんだ。

由比ヶ浜が猫足ルームソックスを贈るのなら、俺もそれに似合いのものを贈ろう。

彼女の過ごす一人きりの時間が温かく、安らぐものでありますように。

×　　×　　×

買い物を終え、しばらく歩きっぱなしだったので、休憩がてらカフェに入ることにした。外のスタバまで行っても良かったのだが、さすがにこの時期は寒い。あと、注文の仕方がわからないので、今日はあんまり行きたくない。

だもんで、何度か行ったことがある慣れた場所へ行くことにした。

「ここでいいか」

「うん」

由比ヶ浜《ゆいがはま》に確認を取って、そごうの中にあるカフェに入る。ここは奥まった場所にあるためか、がやがやしておらず、落ち着いた雰囲気がある。

「二名で」

店員さんに人数を告げ、通された四人掛けの席は窓のすぐそばで、眼下には千葉駅を一望できる。由比ヶ浜に奥の席を譲り、俺はその後背に広がる千葉駅を眺めた。

モノレールが走る姿も見受けられ、なんだか千葉って超発展しているように思える。千葉マジ未来都市。

そのモノレールの行方を目で追っていくと、斜向《はす》かいの席に座る人と目が合った。

「ありゃ、比企谷《ひきがや》くんだ」

その人もまた、窓を背にしてソファに座っていた。

白を基調としたフリルのついたシャツ、胸元に垂れる金紗のネックレス。それは外の明かりを一身に集めたようにきらきらとしているのに、その実、楽しげに微笑《ほほえ》む瞳は暮れた空より暗い黒。そんなちぐはぐな印象を包むように鮮やかな赤いストールを羽織り直して、雪ノ下陽乃《ゆきのしたはるの》は俺の名を呼んだ。

声をかけられると、由比ヶ浜もそっと視線を横にやり、驚いたようにその名前を呼ぶ。

「陽乃さん……と、」

そして、由比ヶ浜の視線はその前方へと向かう。そこにいるのは白とも黒ともつかない灰色のカットソーに紺のジャケットを羽織った男。薄い金に近いブラウンの髪の下で少し驚いたような目で、それでも笑うのは葉山隼人《はやまはやと》だ。

「隼人くんじゃん」

「……やぁ」

軽く上げた袖口《そでぐち》から鈍い銀色の光を放つ腕時計を覗《のぞ》かせて、葉山はそう短く声をかけてきた。

二人の姿を見つけて、ふと頭をよぎる。

一年の計は元旦にあり。

波乱含みの一年を過ごしそうという、厄介《やっかい》な予想が見事的中してしまったことを痛感した。

10

何事か、雪ノ下陽乃はたくらんでいる。

カフェ内にうっすらとかかるジャズナンバーがやけに大きく聞こえる気がした。普段なら気にならない程度の音量なのだろう。

だが、つい先ほどまで百貨店内でずーっと耳にしていた「てん……、てけてけてけてんっ、ぷぁ～」みたいなお正月定番音楽とのギャップのせいかどうにも気に掛かり、席についてもついそわそわしてしまう。

落ち着かない視線はテーブルの上を彷徨《さまよ》い、横と向かいに座る面々へと向かった。四人掛けの席で俺の前に座るのは戸惑い交じりの微笑《ほほえ》みを浮かべる由比ヶ浜《ゆいがはま》だ。

その戸惑う理由は由比ヶ浜の隣にいた。

若干引き攣《つ》った微笑みとは対照的に、にこにこと楽しげに笑う雪ノ下陽乃《ゆきのしたはるの》である。

陽乃さんは俺たちとばったり出くわすと、新年の挨拶《あいさつ》もそこそこに、あれよあれよという間に同じテーブルについていた。

「なんか比企谷《ひきがや》くんとガハマちゃんに会うの久しぶりかもー」

「あ、ですね！　超奇遇って感じします！」

「だねー」

「ですねー！」

なんて、仲良さそうに二人してにこやかに微笑んではいるが、とりあえず上辺だけ調子を合わせている感が拭《ぬぐ》えず、そんな会話を聞いていると、冷や汗が出てくる。

どうしてこうなっちゃったのかしら……、と怖々思いながらちらっちらっと控えめな視線を斜め向かいへと送る。

目が合うと、陽乃さんは意味ありげにふふっと鼻で笑い、ゆっくりと目を細めた。

その眼差《まなざ》しは獲物を見定める獣《けもの》を彷彿《ほうふつ》とさせ、暖房の効いた店内でも背筋にぞくりとしたものが走る。

由比ヶ浜と陽乃さんからこそっと視線を逸《そ》らすと、その先では俺と同じように困惑した笑顔を浮かべている葉山隼人《はやまはやと》がいる。葉山は女性二人の会話に無難な相槌《あいづち》を打ちながら、手早く注文を済ませていた。やだ……、気が利く男子って素敵……。

俺も何か雑務をしながら時間を潰《つぶ》せばよいのね！　なるほど！　と感心してしまう。とりあえず、おしぼりで鶴かうさぎでも作って暇つぶしするか……と、無心になっておしぼりをいじいじと弄《いじ》っていると、前方から不穏な会話が聞こえてくる。

「デートかー、このこのっ。相変わらず仲良いなぁー。雪乃《ゆきの》ちゃんは一緒じゃないの？」

陽乃さんは、苦笑いを浮かべている由比ヶ浜の身体を肘《ひじ》でぐいぐいとつつく。

「あ、今日はちょっとゆきのんのプレゼント買いにきてて……」

「あー、もうすぐ誕生日だもんね、あの子。……そっか、なるほどね」

ふむふむと頷《うなず》きながら由比ヶ浜《ゆいがはま》の話を聞いていたが、陽乃《はるの》さんはさっと携帯電話を取り出すと、どこかへ電話をかけ始める。

その様子を見ていた葉山《はやま》が小さな微笑《ほほえ》みを浮かべ、控えめに口を開いた。

「……出ないんじゃないかな。来ないって言ってたんでしょ?」

「まぁね。けど、わかんないじゃない? 気が変わるかも」

携帯電話を耳に当てたまま、陽乃さんは目を細める。その瞳の奥の真意までは見通すことができないが、どこか楽しんでいるように見えた。

「うーん、電話に出てくれれば来ると思うんだけどなぁ……。出てくれないかなぁ……、お姉ちゃん、悲しい」

くすんくすんとわざとらしい泣き真似をしながら、ぼやくように言うが、陽乃さんに諦める様子はない。携帯電話を矯《た》めつ眇《すが》めつしてから、もう一回、と気合いを入れて、再度かけ始めた。

その様子を由比ヶ浜が不思議そうな面持ちで見ている。その表情の意味するところを察したのか、葉山が声を潜めて口を開いた。

「毎年、年始の挨拶《あいさつ》回りがあってね、その後、うちの家族と陽乃さんたちとで会食する予定な

んだ。今はちょうど親たちと待ち合わせ中」

「へぇ～、そうなんだ。なんか挨拶《あいさつ》回りとか大変そうだねぇ」

「慣れているから、そうでもないよ」

感心したように言う由比ヶ浜《ゆいがはま》に、葉山《はやま》は軽く頷《うなず》く。実際、葉山のコミュニケーション能力、というか表面上さらっとうまくやり過ごす能力を考えれば、その手のことには本当に慣れているのだろう。対人関係のスキルは本人の資質もちろんだが、踏んだ場数によっても左右される。葉山本人の学校生活での立ち位置、また親御さんのお仕事関係での立場を考えれば、そうした人前に立つ機会には事欠くまい。

片や、俺である。

学校生活において、晒しあげられることは多々あれど、積極的に人前に立つという機会にはついぞ恵まれず、親の関係で言えば、親戚にさえろくすっぽ挨拶ができない男である。

そんな次第であるからして、葉山の言った「親たちと待ち合わせ」という言葉には引っ掛かりを覚えてしまう。

「なぁ……」

葉山になんと呼びかければいいのか、しばし悩んだ末、結局名前を呼ぶことなく、トントンとテーブルを指で叩《たた》いて、葉山に声をかける。すると、葉山は俺のほうを向いて、返事はせずに、視線だけで言葉の続きを促《うなが》した。

「そういうことなら、俺ら普通に他所《よそ》行くぞ。なんか、あれだろ、邪魔だろ」

「……あ、そだね」

俺の言わんとするところを理解した由比ヶ浜がうんうんと首肯《しゆこう》する。だが、葉山は軽く頭を振ると、安心させるような笑《え》みを浮かべた。

「別に気にすることないさ。むしろ、暇つぶしの相手が来てくれて、陽乃《はるの》さんも喜んでると思うけど」

言いながら、葉山はちらりと陽乃さんのほうを見た。陽乃さんはまだ携帯電話を耳に当てていたが、俺たちの会話は聞こえていたようで、静かに頷いた。それを受けて、葉山が俺に向き直る。

「な？　お気遣いは無用だよ」

葉山は俺に同意を求めるように言ったが、それに頷くわけにもいかない。

「いや、あれだろ。お前の親御さんとばったり出くわしてもなんか、気まずいだろ」

そもそもばったり出会ってしまったがために一緒にいるだけだ。なのに、いきなり親御さんとご挨拶とかちょっと困る。そういうの緊張しちゃうんでもっと段階を踏んでからにしてもらっていいですかごめんなさい。とかいろはす〜ばりなことを思いながら言うと、斜め向かいに座っている陽乃さんが携帯電話を下ろして、きょとんとした顔になる。

「そんなの気にしなくていいのに」

「いや、気にするでしょ……」

別に葉山《はやま》と親しいわけでもないのに、ご両親と顔合わせちゃうとかどんな罰ゲームなのよ、それ……。

答えると、陽乃《はるの》さんは目を細めてじっと俺を見る。

「ふーん……」

つまらなそうな声で言うと、はたと思い出したように、また電話をかけ始めた。相手は無論、雪ノ下《ゆきのした》だろう。

静かな店内でコール音がわずかに漏れてくる。

それでも一向に雪ノ下が出る気配はなく、留守番電話サービスに接続されるたびに、陽乃さんは掛け直す。

おいおい、まだ電話すんのかよ……。何この人、平塚《ひらつか》先生なの？　やだ怖い。そういうダメなところを恩師から受け継いじゃうのはどうなのかなー。俺にかかってきてたら電源切ってるレベルだぞ。

ドン引きの視線で見ている間も、陽乃さんは二回、三回と何度も鳴らしている。

「……お？」

と、やがてつながったらしい。陽乃さんが小さく驚きの声を上げた。意外さが口元から漏れて、微《かす》かに唇がほころぶ。

そして、電話口の向こうからはうんざりしたような声が聞こえてきた。

『もしもし……』

雪ノ下のテンションダダ下がりの声とは対照的に、陽乃さんの声はきゃぴるんと明るい。

「あ、雪乃《ゆきの》ちゃん？　お姉ちゃんですよー。今から出てこれる？」

『切るわ……』

早いな！　速攻の切り替えしに傍で聞いていた由比ヶ浜《ゆいがはま》も葉山も苦笑いする。

だが、陽乃さんはこんな反応には慣れっこなのか、動じることなく、からかうような口調で続けた。

「あれー？　切っちゃっていいのかなー？」

『……何？』

陽乃さんがにやりと笑う。

「実はね、比企谷《ひきがや》くんと一緒にいるんだよー！」

『またくだらない嘘《うそ》を……、いい加減に』

「はい、比企谷くん」

言うや否や、陽乃さんは俺に携帯電話を押し付けてくる。

「ちょ、え？」

手の中の携帯電話と陽乃さんとを見比べるが、陽乃さんは手を後ろに隠して素知らぬふりをする。受け取る意志はまるでないらしい。電話口の向こうでは、雪ノ下《ゆきのした》が陽乃《はるの》さんを呼ぶ声がしていた。仕方ない、一応電話に出るか……。

「あー、……もしもし」

何を話せばいいかわからず、とりあえずそんなことを言う。すると、電話口の向こうで息を詰まらせているのが分かった。

わずかな沈黙の後、ため息を吐《つ》かれる。

『はぁ、呆《あき》れた……。どうしてあなたがそこにいるの』

それは俺が聞きたいくらいだ。普通に買い物してたはずなのに……。

「いや、たまたま出掛けてたらなんか捕まっちゃってだな……」

ちらとその元凶を睨《ね》めつけながら、説明しようとしたのだが、それを遮《さえぎ》るようにもう一度ため息が聞こえてくる。

『もういいわ。すぐ行くから姉さんに替わって』

「……はい、ごめんなさい」

なぜか謝ってしまった。

おしぼりで画面を拭いてから陽乃さんに携帯電話を返すと、陽乃さんは雪ノ下と二言三言、場所なんかを伝えて電話を切った。

「雪乃《ゆきの》ちゃん、来るって」

満足げに微笑《ほほえ》んで陽乃さんが言う。しかし、俺も由比ヶ浜《ゆいがはま》も苦笑いしかできない。なんて強引なんだこの人……。いや、そういう人だというのは知ってはいたが、久々に目の当たりにすると、やはり恐ろしい。

ただ一人、さもありなんとばかりに、呆れ交じりのため息を吐いたのは葉山隼人《はやまはやと》だ。

おそらく、葉山だけは雪ノ下陽乃のこういう気性を理解していて、慣れているのだろう。いや、諦めているのかもしれないが。葉山の、その少々苦み走った微笑みは一朝一夕でできるものではないだろう。

「それより、プレゼント何買ったの？」

言いながら携帯電話をしまうと、陽乃さんは同じソファに座る由比ヶ浜ににじりっとにじり寄る。それにたじろぎながら由比ヶ浜はがさっと袋を見せた。

「えっと……、あたしはルームソックスとかなんですけど……」

「へー、今の時期フローリング冷えるもんね」

「そーなんですよ！　で、ゆきのんちのリビング、フローリングでこないだ行ったときちょっと冷えるかなーって」

「わたしも冷え性持ちだからわかるなー」

そんな女子っぽい会話に対して、俺と葉山の男子連中はといえば、特に話をすることもなく、ただ二人の声に耳を傾けている。

が、それが葉山《はやま》にとっては手持ち無沙汰《ぶさた》だったのか、小さな声で呟《つぶや》く。

「誕生日プレゼントか……」

そして、ちらと俺に目をやった。

「何買ったんだ?」

「ああ、まぁちょっとな」

「そうか」

特に追及されることもなく、すっと視線を逸《そ》らされてしまった。

葉山はその後も陽乃《はるの》さんと由比《ゆい》ヶ浜《がはま》の会話に耳を傾け、時折相槌《あいづち》を打っていた。カップを持つ葉山の手首で秒針がゆっくりと動く。

俺はそれをただ目で追っていた。

ずっと同じ律動を刻み、それが狂うことはなく、ただただ決められた通りに針は動く。一周して二周して同じ所へ戻って来て、いつもと似たような顔を見せる。それでも、けして同じものではない。秒針は変わらずにいても、周囲が指し示す刻は移ろい続けている。

不意に、プレゼントのラッピングを見ていた陽乃さんが口を開いた。

「わたしも久しぶりに何かあげよっかなー」

そして、ちらと視線を動かす。

「ね、隼人《はやと》」

「……そうだね」

葉山は軽く肩を竦《すく》めると視線を窓の外へとやった。その先にあるのは街灯り、ではないのだろう。

俺もガラスに映る葉山を見やり、ふと、昔、何を贈ったのだろうとそんなことばかり考えていた。

× × ×

気づまりな時間を過ごしていた。

陽乃さんが雪ノ下《ゆきのした》に電話して三十分ほど経った。

あのマンションから来るのであればもう少し時間がかかるだろう。人を呼び出しておいてまさか勝手に帰るというわけにもいくまい。早く来てくれー！　ごくうー！　じゃないと俺が帰れないぞー！

ちびちび飲んでいたコーヒーもとうに空になり、湯気を立てていたはずの紅茶のポットも既に冷め切っている。

俺だけでなく、由比ヶ浜もいくらか焦れたようでそわそわと店の入り口へしきりに視線をやっていた。

余裕綽々の態度でいるのは前の席に座る二人だけだ。

陽乃《はるの》さんは携帯電話で何やら調べているようで、ぱぱっと画面に何か表示させるたびに、隣に座る葉山《はやま》に見せていた。

「あ、こういうのは？」

「いいんじゃない？　可愛《かわい》らしくて」

爽《さわ》やかな微笑《ほほえ》みと共に答えると、陽乃さんはふっと鼻で笑う。

「そういう返事、隼人《はやと》らしい」

言われて、葉山は困ったように小さく肩を竦《すく》めた。何について意見を求められたのかは知らないが、至極《しごく》無難な返答だったように思う。いや、まぁ、それが葉山らしいといえば実に葉山らしくはあるのだが。

自分から聞いた割りに、陽乃さんは葉山の答えにはもう興味を失ったらしく、今度はずずいっと身を乗り出して、俺の目の前に携帯電話を見せてくる。

画面に表示されているのはどうやらナイトウェアのようだ。パステル調の淡い色使いとスイーツみたいなもこもことした素材感が実に可愛らしい。隣に座る由比ヶ浜《ゆいがはま》もその画面をちらっと見ると、「あ、かわいいー」と小さな声を上げる。

どうやら陽乃さんがさっきから調べていたのはこれらしい。先ほどの口ぶりから察するに、おそらくは雪ノ下《ゆきのした》へのプレゼントなのだろう。

「ね、比企谷《ひきがや》くん、どうどう?」

陽乃さんは腰を浮かせてテーブルの上に肘《ひじ》をつくと、上半身を軽く揺らして、俺の顔を覗《のぞ》き込んでくる。

いや、どうどうと聞かれてもですね、なんかこう、目のやり場に困るというか……。ていうか、谷間とかちゃんと隠せよぅ！　あと顔が近いよぅ！　困るよぅ！　画面とか見てる場合じゃなくて、これが格ゲーなら一瞬で負けてるまである。

「いいんじゃないですか、可愛らしくて」

思わず、陽乃さんから顔を背けながら答える。

「その皮肉な返し方、比企谷くんって感じ」

にやっと笑いながら言うと、陽乃さんは満足したのか、すっと身体を戻してまた席に座る。

それから「じゃ、これにしよっかなー」とか言いつつ、またぞろ携帯電話をいじり始めた。

なんだか今のやり取りでどっと疲れた……。

ふしゅるるるーとため息を吐《つ》いて、目を閉じる。

そうやってしばらくの間項垂《うなだ》れていると、由比ヶ浜が何かに気づいて「あ」と小さく声をあげたのが聞こえた。

ぱっと顔を上げてそちらを見やると、つかつかと早歩きでこちらに向かってくる雪ノ下を発見した。

「ゆきのーん、こっちこっち」

言いながら由比ヶ浜《ゆいがはま》が手を振ると、雪ノ下《ゆきのした》もそれに気づいて俺たちの座る席へとやってきた。

「由比ヶ浜さん……。あなたも、来てたのね」

驚いた様子で雪ノ下が言う。電話では言ってなかったからな。

「そうそう。えっと……、なんていうか、ヒッキーと買い物してたらなんか捕まっちゃって……」

あははと誤魔化すように笑いながら由比ヶ浜はくしくしとお団子髪を弄《いじ》った。

本人のプレゼントを買いに来ていたというのを言っていいやら悩んだようで、微妙に言葉を濁している。

「買い物……。そ、そう……」

それを聞いた雪ノ下は由比ヶ浜と俺に交互に訝《いぶか》しげな視線を送ってきた。もの問いたげな眼差《まなざ》しに圧されて、由比ヶ浜も、俺と雪ノ下をちらちらと見る。

交わされているのは視線だけで、そこに会話はなかった。わずかな時間ではあったが、沈黙が流れる。

他のお客のお喋り、カップとソーサーが立てる音、薄くかかるBGM、店員のローファーが鳴らす足音、陽乃《はるの》さんのくすりという小さな笑い声。

雑音は多くあるのに、その静寂は妙に耳に痛い。

「とりあえず、座ったら？」

沈黙を破ったのは、葉山《はやま》だった。その一言で弾かれるように、由比ヶ浜がソファから腰を浮かせる。

「あ、ほら、こっちこっち」

自分の隣に一人分の空間をつくると、そこへ誘う。

「え、ええ……、ありがとう」

答えて、雪ノ下も素直に応じた。コートを脱いで、軽く畳み、小脇にちょこんと置いて座る。

そして、由比ヶ浜に頭を下げた。

「ごめんなさい、姉が迷惑かけて」

「ううん、全然」

由比ヶ浜が明るい調子で軽く手を振り答えると、少々安心したように胸を撫《な》で下ろす。雪ノ下は俺に向き直ると、窺《うかが》うように俺を上目遣いで見る。

「比企谷《ひきがや》くんも、その……」

「別に。どのみち暇だったからな」

実際、買い物した後に何か用があったわけでもない。

むしろ、二人きりにならなかった分、気は楽だったかもしれない。とはいえ、それが良かったかといえば、そういうわけではまったくない。

その事の元凶はといえば、挑発的な笑《え》みを浮かべ、からかうように雪ノ下《ゆきのした》に声をかけた。

「雪乃《ゆきの》ちゃん、おっそーい」

「いきなり呼びだしておいてよくもまぁぬけぬけと……」

横目で睨《にら》む雪ノ下とそれを平然と受ける陽乃《はるの》さん。間に挟まれた由比ヶ浜《ゆいがはま》も困ったような笑顔を浮かべていた。大乱闘！　雪ノ下シスターズは勘弁してほしい……。

「まぁまぁ、雪乃ちゃんもだいぶ急いで来たみたいだし……」

ピリピリした空気を和らげるような爽《さわ》やかな、聞き覚えのある声。それが耳慣れない呼び方をしたことに思わず振り向いてしまう。すると、その声の主、葉山隼人《はやまはやと》はしまったとばかりに顔を歪め、すぐに誤魔化すように微笑《ほほえ》みを作る。

「…………」

雪ノ下は驚いているのか、無言で葉山を見ると、葉山は肩を竦《すく》めて見せた。

「雪ノ下さんは何飲む？」

「……では紅茶を」

それを受けて、手早く葉山が注文を済ませて紅茶がやってくると、陽乃さんがほうっと小さな吐息を漏らす。

「揃《そろ》ってお茶するのも久しぶりだねー」

「そうだね」

「……」

葉山は首肯《しゅこう》して答えたものの、雪ノ下はカップを手に瞑目《めいもく》したままだ。会話が途切れてしまうと、その接ぎ穂を探すように由比ヶ浜が口を開いた。

「あ、えーっと……、隼人くんも昔から知り合いなんですもんね」

「そうそう。隼人の家って男の子一人でしょ？　だから、わたしたちすごく可愛《かわい》がられてたわけ。ね、雪乃ちゃん」

「私は別にそうでも」

「そんなことはないよ。二人とも、うちの親に限らず、みんなから可愛がられてた」

陽乃さんに話しかけられても、葉山が微笑を湛《たた》えて言っても雪ノ下の態度は変わらない。だが、陽乃さんはそれを気にするようなこともなく、そっと視線を遠くにやる。

「懐かしいなぁ……。小さい頃は親同士でなにか用があると、わたしがいつも二人の面倒を見てたもんよ」

それを聞いて雪ノ下がぴくと眉根《まゆね》を寄せる。

「従えて連れまわしていたの間違いでしょ、いい迷惑だったわ」

ことりとカップをソーサーに置くと、静かな声音《こわね》と冷ややかな視線を陽乃さんに送る。それに葉山が反応した。

「あー、動物公園の時とかな……。遊園地ゾーンのほうでひどい目に遭ったたな……」

「臨海公園もそうよ。置き去りにするわ、観覧車は揺らし続けるわ……」

ありし日のことを思い出しているのか葉山《はやま》も雪ノ下《ゆきのした》もどんよりした表情だ。ただ陽乃《はるの》さん一人だけが楽しげな顔でうんうんと頷《うなず》いている。

「あー、あったあった。で、だいたいいつも雪乃《ゆきの》ちゃんが泣くのよね」

「ちょっと……。記憶の捏造《ねつぞう》はやめて」

「捏造なんかじゃないでしょー。ね、隼人《はやと》？」

「あはは……、どうだったかな」

陽乃さんが話しかけ、葉山は微笑とともに相槌《あいづち》を打ち、雪ノ下は無言で頷く。

懐かしそうに話す三人を見て、ふと実感した。

そこには積み上げてきた時間が確かにあって、余人がその思い出に触れることはできないのだろう。

三人の会話には由比ヶ浜《ゆいがはま》もうまく入れそうにない。いわんや俺をや。

かつての彼女たちがどんな関係性であったのかは知らない。それを知ったところでどうしようもない。

できるのは、時折苦いコーヒーを口に運ぶことと、今も続く彼女たちの昔語りを聞き流して相槌を打つこと。そして想像することだけ。

いつだったか、問われたことがある。

俺が彼女たちと同じ小学校へ通っていたらどうなっていただろうかと。

あの時、俺はなんと答えたのだったか。

回顧と思索にふけっていると、ため息とともに、カップが置かれる音がした。

そちらのほうを見やれば、陽乃さんが頬杖《ほおづえ》をついて、葉山と雪ノ下を温度のない瞳で見つめている。

「あの頃は二人とも可愛《かわい》かったのになぁ……。今は……、なーんかつまんない」

形の良い艶《つや》やかな唇は綺麗《きれい》な分だけ、冷たい言葉を紡《つむ》ぐ。氷のような微笑で射竦《いすく》められて、その場にいた誰もが声を詰まらせた。

雪ノ下はテーブルの上でわずかに拳《こぶし》を握り、葉山は歯嚙《はが》みして視線を逸《そ》らす。由比ヶ浜は戸惑ったように俺を一瞥《いちべつ》した。

テーブルがしんと静まり返ると、陽乃さんはくすっと笑う。

「まぁ、でも今は比企谷《ひきがや》くんがいるしね。比企谷くんを可愛がればいっか……」

その言葉を聞いた瞬間、ぞくりと背筋に寒気が走る。俺を覗《のぞ》き込むような上目遣いの視線はどこか仄暗い。

「いや、俺体育会系な可愛がりはちょっと……」

暗い瞳に飲み込まれないよう、なるべく陽乃さんの顔は見ずに答えた。すると、陽乃さんはくすくすと笑う。

「そういうところが可愛《かわい》がりたくなるのよねー。よーしよし、八幡《はちまん》よーしよし」

言って腕を伸ばして俺の頭を撫《な》でようとしてくる。

身を逸《そ》らしてその手をするっと躱《かわ》した。

「ありゃ逃げられちゃった」

そう言ってにこにこと笑う陽乃《はるの》さんの表情は気のいいお姉さんのように見える。年上の美人に微笑《ほほえ》まれるなんてそうそうある体験ではないし、悪い気はしない。

その笑顔が嘘《うそ》であっても別に構わないとすら思える。

例えば一色《いっしき》いろはに代表されるように、自分を可愛く見せようとする二面性なら誰しも持ちうるもので、そんなものは怖くとも何ともない。

雪ノ下《ゆきのした》陽乃は、裏に潜む得体のしれない何かを見せつけてくることが、怖い。

ただ、今の陽乃さんはこれ以上何かを言うつもりはないようで、にこにこ笑顔のまま全然別の話をした。

「体育会系っていえば、学校でもうすぐマラソン大会とかあるんでしょー？」

「あ、はい。なんか月末に」

由比ヶ浜《ゆいがはま》が答えると、陽乃さんはいくらか意外そうな顔をする。

「へぇ、今年は二月じゃないんだ」

「顧問から聞いた話だと、カレンダーのめぐりあわせで少し前倒すらしいよ」

葉山《はやま》がまるで何事もなかったかのように柔らかな笑《え》みを交え、落ち着いた声で返す。

で、雪ノ下さんは表情がずーんと沈んでますね、ええ。まぁ、こいつ体力ないもんな……。マラソンとかほんと苦手そう。

ともあれ、また明るい雰囲気に戻った。

それはいいのだが、この四人が楽しげにおしゃべりしている姿はどうにも注目を集めやすい。けして派手というわけではないのだが、華がある。

目立つんだよなぁ、この人たち……。

さっきから入り口のほうからちらちらと見られているように感じる。

まぁ、今ちょっと騒がしいのもあるが、皆見目麗しい連中だ。街中を歩いてるとつい見てしまうそういう人たちなのである。

この四人のおかげで俺の存在感はさらに希薄になっているように思う。僕は影だ……。でも、影は光が強いほど濃くなり光の白さを際立たせる……。

特にすることもないので、一人、黒子に徹していることにした。それにしても黒子に徹するという言葉の黒柳徹子《くろやなぎてつこ》感は異常。

会話に混じることもなく、ただただコーヒーカップを口に運ぶだけの機械になっていると、そのコーヒーも飲み干してしまう。

ちょうどいいタイミングだ。これをきっかけにすれば実にスマートに席を外すことができるだろう。

「悪い、ちょっと……」

手短にそう告げると、そそくさと立ち上がり、席を離れた。

別に何か用があるわけではない。

だが、大抵、こういうカフェやレストランなんかで、「ちょっと……」と言えばお花を摘みに行くことだとだいたいの人は理解するだろう。そして、多くの場合、それを妨げられることはなく、ごく自然に席を離れることができる。

だからこそ、人と会合する際に口にする飲み物にはお茶やコーヒー、アルコール類といった利尿作用のあるものが選ばれてきたと考えるべきであろう。

つまり、お茶やコーヒー、アルコールは場を円滑にする、あるいはリセットする作用があるのである。

例えるなら、飲み会で嫌な人と同じテーブルになってしまっても、トイレへ行くのを理由に席を離れ、戻ってきたときにしれっと違うテーブルにつくことができるようなものだ。これからはお茶とかコーヒーとかを「トラディショナルコミュニケーション飲料！」みたいな謎のキャッチフレーズつけたら売れるんじゃないの？　売れねぇよ。

などと、くだらないことを考えながら店の外へと向かうと、後ろから不穏な言葉が聞こえた。

「あ、わたしもちょっと用事あるんだった」

声音《こわね》は明るく朗らか。されど、どこかわざとらしくて嘘《うそ》くさい。続いて、てて っと駆け出すような足音がして、すぐさまとーんと肩を叩《たた》かれた。

……振り向けば奴がいる。

「ちょっとお姉さんに付き合ってよ。あんまり時間取らせないから」

雪ノ下陽乃《ゆきのしたはるの》は小首を傾《かし》げ、からかうように微笑《ほほえ》んだ。

「いや、俺ちょっとあれなんですが……」

俺は引き攣《つ》った笑顔でやんわり断り、肩に手を乗せられたままの状態で店の外へとじりじり向かう。このままのペースで行けば逃げられるはず！

と思ったその瞬間、肩に乗せられていた手がしゅるっとそのまま下にさがり、俺の腕を絡め取った。

「いいじゃない、つれないなー。……八幡《はちまん》、デートしよ」

突然、ぐいっと腕を引き寄せて、小声で耳元に囁《ささや》いてくる。

殺し文句というなら、まさしく殺し文句。

硬直して、ろくな抵抗もできないまま、俺は腕を引かれてその場を後にした。

11

いつまでも、雪ノ下姉妹の関係は推し量ることができない。

カフェから出て、しばらく。

エスカレーター付近に行くまでずっと取られていたままだった腕からやんわりぬるりと抜け出して、陽乃《はるの》さんに話しかけた。

「……あの、どこ行くんですか、これ」

つい先ほどまで腕を組まれていたせいで、なんてことない普通の言葉を口にするのにも、妙に意識してしまう。耳元で囁《ささや》かれた言葉は未《いま》だ甘い香りを伴ってもやもやと滞留しているような気すらしていた。

そのせいで、声はかけたものの、まともに顔を見ることはできなかった。ただ、かつかつと軽快に床を鳴らす陽乃さんの足音を聞きながら、その後を追って歩く。

すると、陽乃さんがぴたりと足を止める。上半身を軽く曲げ、俺の顔を覗《のぞ》き込むと、楽しげに笑った。

「言ったでしょ、ちょっと買い物に付き合ってもらうだけ」

「いや、言ってないですけど……」

……デートって言ったじゃん！　デートって！　ちょっと、女子ぃ！　そうやって純情な男子の男心弄《もてあそ》ぶのやめなさいよね！

とはいえ、今更陽乃さんに異議申し立てをしたところで何が変わるでもなし。事実、陽乃さんは既に俺の話など聞いておらず、鼻歌交じりで意気揚々とエスカレーターにぴょんと飛び乗っていた。

そして、くるりとその場でターンした。スカートの裾《すそ》がひらりひらはためいて、ふんわりと落ちてくる。それに見惚《みと》れる間もなく、陽乃さんは早く来い来いと俺を手招いた。

「目星はつけてあるからほんとにあんまり時間かかんないって」

にこっと微笑《ほほえ》む姿と存外茶目っ気のあるその仕草は、俺より年上の女性だと感じさせない少女らしさがあった。

本当は一秒だって警戒を緩《ゆる》めてはいけない相手なのだが、そういう表情をされると、いつもどこかで感じている彼女への空恐ろしさが薄れていってしまう。

「そういう問題じゃないんですけどね……」

毒気を抜かれる思いで、そう答えると、俺も陽乃さんの後に続いて、エスカレーターに乗った。

下りエスカレーターはゆっくりと進み、やがて階下に行きつく。

ぱっと飛び降りた陽乃さんの足取りは迷うことなく進む。

初売りで店内は混み合っているのだが、陽乃《はるの》さんが歩く傍からその人波が割れていく。なんなのこの人、モーゼなの？

が、まぁ、道を空けてしまう人々の気持ちもわかる。俺だって、街中で陽乃さんみたいな美人がキラキラとした雰囲気を纏《まと》って歩いていたら、ついつい日陰のほうに入って道を譲るだろう。もしくは、歩調を緩《ゆる》めて目の保養に努めるかもしれない。もっとも、雪ノ下《ゆきのした》陽乃の仄暗い中身の一端を知っている今となってはそんなことはしないけれど。

美しさとは一種の威圧であり威嚇なのだ。加えて、そこに自信が加われば、鬼に金棒、虎に翼、セーラー服に機関銃だ。対面した者が萎縮するのは当然のこと。

だからこそ、雪ノ下陽乃は一人でいることが多いのかもしれない。

別に、友達がいないというわけでもなかろう。……たぶん。

いや陽乃さんの交友関係は全然知らないし、至極《しごく》個人的な感想を言えば友達いなそうに見えるし、なんなら俺が一番仲良いまである気もするけれど。

しかし、一応確かに友達らしき存在は見え隠れしている。

思い返してみれば、初めて出会った時なんかは友達と一緒にいたし、ドーナツショップで出くわしたときも友人との待ち合わせをしていたはずだ。かつて彼女の恩師であった平塚《ひらつか》先生によれば学校での交友関係も広かったと聞いている。

ただ、それでも。

彼女は孤独を好んでいるように見えた。

容姿や才覚、さらには家柄。およそ人の望むものすべてを手にしながら、それでもなお孤独を得んとするその姿は、かつて俺が憧れた孤高なあり方によく似ている。

一昔前の俺が錯誤していた、雪ノ下雪乃《ゆきの》のあり方に、よく似ている。

だからおそらくは、俺が陽乃さんに見出《みい》だしているこの幻想もどこかで大きくまちがっているのだろう。

彼女は孤独を好んではいても、決して孤独を求めているわけではないからだ。

その証しが、妹である雪ノ下雪乃への執着。

今日、ひたすらに電話をし続けていたあの偏執的な行為といい、これまでことあるごとにちょっかいを掛けてきた姿勢といい、陽乃さんにとって雪ノ下は無視することのできない存在であるということは疑いようがない。

翻《ひるがえ》して、それは雪ノ下の存在を求めてやまない証左《しょうさ》であり、同時に孤独を求めていない証拠でもある。

無論、何が陽乃さんをそこまで駆り立てるのかまではわからない。ただの家族愛だの姉妹愛だのにしては少々度が過ぎているように思う。

俺自身、妹がいるがさすがにわざわざ出向いてちょっかいを掛けたり、私生活に干渉したりまではしな…………するな。うん、する。

小町《こまち》が家にいれば何くれとなくちょっかい出すし、受験に口出しもするし、悪い虫が近づけば排除しようとする。そんなのめっちゃ普通のことだ。それが兄妹！

ということは、姉妹の場合も……。あれー？　じゃあ、陽乃《はるの》さんのしてることって普通じゃない？

そんなことを考え込み、むむむっと眉間《みけん》に皺《しわ》を寄せながら、前を歩く陽乃さんを見ていると、その陽乃さんがぴたと足を止めた。

「このお店だよ」

言いながら、ぴっと指差した先は一軒のテナントである。

女性向けフロアの中でも淡い色遣いとふわふわとしたファンシーな雰囲気で、目立っている。置かれている商品はぱっと見るに、ルームウェアやバスアイテムの類《たぐ》いらしい。

ちらっと覗《のぞ》いてみるとルームウェアにルームソックス、ブランケット、バスローブにガウン、ヘアバンド……。

どれもアイスやスイーツといった可愛《かわい》らしいものをモチーフにしたデザインで、店内は女性客ばかりだ。

とてもじゃないが、俺のような奴が入っていいお店ではなさそうな雰囲気である。

「…………あの、俺待ってますんで」

お店の空気に尻込みして、頭皮に汗を滲《にじ》ませながらそんなことを言うと、陽乃さんがにっこり笑う。

「えい」

そして、どんと背中を押してきた。

たたらを踏むと、一歩、フロアとテナントの境界を踏み越えてしまった。

……ああ、これは店員さんから「何かお探しですかー？」と強張《こわば》った笑顔で聞かれて威嚇されるパターンだ。

その手の質問をされると言葉に詰まり、「いや、別に……」みたいなどこぞの大女優みたいな返答しかできず、うまく会話ができない自分に嫌気がさしてぶわっと冷や汗が出てくる。さらに、その汗を見た店員さんが「うわ！　すごい汗ですね！　暖房きついですか？」みたいなドン引き80％、優しさ20％の言葉をかけてティッシュくれるし、その気遣いと引かれている自覚でさらに汗かくまである。お願いなので優しさはバファリン並みにしてほしいと思う今日この頃です。

だが、こんな心配をするのは男子特有、というか、日陰者だけなのだ。女性に関してはそもそもメインの客層なので誰憚《はばか》ることもない。また、彼女持ちや遊び慣れている男であれば、こういう場所へ来ても動じることはないのだろう。

当たり前のことではあるが、陽乃さんは勝手知ったる風に涼しげな顔ですいすいと店内を進んでいく。

俺はあうあうとアシカみたいな声を出しながら、陽乃《はるの》さんの姿を目で追う。その挙動不審ぶりたるや、アシカどころではなく、なんなら、あうはＯＨ！　えうはＹＯ！　みたいな古文の仮名遣いの練習しちゃうレベル。

立ち尽くしたまま、一向についてこようとしない俺を不思議に思ったのか、陽乃さんが振り返る。一瞬首を傾《かし》げていたが、すぐに察したらしい。

「気にすることないよ。ここ、メンズも置いてるし」

言うと、俺の横に並んでぐいと手を引く。

さすがにここまでされると、ビビっているわけにもいかない。ていうか、陽乃さんにくっつかれたままのほうがよっぽど恥ずかしい。

陽乃さんの腕からぬるりと抜け出ると、恐る恐る、バンビちゃんみたいな足取りで陽乃さんの後をついていくことにした。

ふえぇ……、女性客ばっかりで怖いよぉ……。

なるべく目立たぬよう、ステルス能力を全開で発揮していると、鼻歌交じりでルームウェアを物色していた陽乃さんがそのうちの一着を手に取った。そして、ぱっとこちらに振り向くと、自分の胸元にすっと当てて見せた。

「見て見て、これもこもこしてる」

その言い方と楽しげな微笑《ほほえ》みが普段よりもずっとあどけなく、少し驚いた。

「……まぁ、そういう素材ですからね」

そんな会話をしながら、店内をそぞろ歩く。

こういう空間には慣れていないので、俺の動きはどこかおっかなびっくりだ。

しかし、陽乃さんが常に俺から一歩半ほどの距離にいて、何くれとなく話しかけてくれるおかげで居心地の悪さはあまり感じない。いや、陽乃さんといること自体は決して居心地よくはないんですけどね？

ただ、周囲にいる女性客や店員さんからの警戒するような視線に晒されずに済むのはありがたい。

店内にあるアイテムの中でも、少々毛色の違うウェアが置かれている一角に差し掛かると、陽乃さんが無造作に一着、手に取った。

「あ、ほら。これメンズ」

陽乃さんが手にしているのはフードが付いたグレーとホワイトの太いボーダー柄のルームウェアで、生地はやはりもふもふしている。紐《ひも》にポンポンがあしらわれているのも非常に可愛《かわい》らしい。

ほれっと、差し出されたそのウェアをしぶしぶ手に取って見る。すると、値札がぽろりとこぼれ出て、驚愕《きょうがく》の数字が目に飛び込んでくる。

「……高っ。えっ、高っ！　……高ぇなぁ」

思わず値札を二度見してしまった。ついつい、三度見もする。なんでパジャマなのにお値段が五桁行っちゃうのかしら……。夏場ならTシャツにパンツ一枚、冬場ならジャージにどてらで充分なのに……。

オシャレ業界の闇に戦慄《せんりつ》していると、ぷっと陽乃《はるの》さんが吹き出した。

「男の子だもんね。あんまり興味ないか。でも、ここのメンズ結構評判いいのよ。比企谷《ひきがや》くんもこういうの着てみたら?」

「えー……」

そのオシャレ可愛《かわい》いルームウェアを自分が着ている姿を想像して、思わず、げんなりした声が出てしまった。

ふえぇ……、わたしにこんな可愛い服、絶対似合わないよぉ……。

まぁ、ルームウェアだし誰に見せるでもないので、似合う似合わないはどうでもいいのだが、より重要な問題がある。

俺の中の高二マインドが叫ぶのである。こういう女の子が好むようなブランドのメンズ服を着るなんて、なんだかそれをきっかけに女子に弄《いじ》られてあわよくばモテようと必死ぶってる感が出てしまって非常にかっこ悪い、と! チャラついた奴が妙に女の子のブランドとかに詳しいと、「ああん?」って思うよね!

などというどこへ向けたものともしれないヘイトが漏れ出てしまっていたらしい。俺の顔を見た陽乃さんがふっと笑《え》みをこぼした。

「比企谷くんはこういう時、ほんと嫌そうな顔するねぇ。感心するよ」

「正直者なので、つい」

「じゃあ、わたしとお揃《そろ》いだ」

俺がしれっと口にした言葉に陽乃さんはぬけぬけと言ってのける。そして、目を合わせると口元に蠱惑的《こわくてき》な微笑を浮かべて、そっと俺に耳打ちした。

「でも、お揃いってちょっと可愛いと思わない？　……どう？　お揃い」

その声には官能的な響きがあって、首筋に触れる吐息はしっとりと甘い。からかわれていることなんて百も承知なのに、頰《ほお》が勝手に熱くなるせいで、陽乃さんの表情を横目で見ることすら憚《はばか》られた。

陽乃さんは俺の反応を充分に楽しんだのが、くすくす笑い声を漏らすと、一言付け足す。

「雪乃《ゆきの》ちゃんと♪」

弾んだ声のおかげで、硬直が解けて、呆《あき》れ交じりのため息と一緒に憎まれ口が自然とこぼれ出てきてくれる。

「そういうのは俺がやるより、姉妹でやったほうが可愛いアピールできるんじゃないですかね」

「過剰なアピールは逆効果でしょ、わたしは今のままで充分だもの」

皮肉でまぜっ返せばそれさえも予想していたように陽乃さんは即座に切り返してくる。くだらないやり取りだが、陽乃《はるの》さんはそれなりに楽しんでいるらしく、瞳には嗜虐的な光が宿っていた。やだ、この人、やっぱりちょっと苦手……。

だが、その瞳がふと翳る。

「……まぁ、昔は結構お揃《そろ》いの服着たりしてたんだけどねー」

小さな呟《つぶや》きは懐かしむようだった。

「……意外ですね」

だから、素直にそんなことを言う。

「……そうでもないでしょ。ただ単に親が買い与えたものだし、別に不思議なことでもないと思うけど」

そう言う陽乃さんに先ほどまでの微笑《ほほえ》みはなく、ただ手の中のルームウェアを細めた瞳で一瞥《いちべつ》した。

別に、雪ノ下《ゆきのした》姉妹がお揃いの服を着た過去が意外だったわけではない。俺でさえ、小町《こまち》とお揃いの服を着せられたことくらいあるのだ。親の趣味、というか楽しみの一つとして、そうした嗜好《しこう》があるだろうことは想像できる。ましてや、これだけの美人姉妹だ。仲良しでお揃いの装《よそお》いを見てみたいと思うのは結構自然なことだと思う。

だから、俺が意外に思ったのはそのことではなく。

雪ノ下陽乃の、あの語り口だ。

過去を慈しむような口ぶりに滲《にじ》むのは優しさだけではない、もっと違うものが隠されている気がした。

言うなればそれは、寂寥《せきりょう》感にも似たものだったのかもしれない。もう決して手が届かない、取り返しがつかないものだと理解しているような、そんな遠さがあった。

なぜ、彼女の声音《こわね》から絶望的な距離感を見出《みい》だしてしまったのか、理由はよくわからない。ただ漠然とそう感じただけだ。未《いま》だ、この人は俺の理解の範疇《はんちゅう》外にいる。おそらくは永劫理解などできはしないのだけれど。

自分と近しい距離にいる人のことさえ良く分かっていない俺だ。近くまで踏み込ませても、踏み越えさせてはくれない雪ノ下陽乃のことを分かろうなど無理というものだ。

今も、彼女は俺の思惑など知らぬ存ぜぬといった様子で、ディスプレイされている服を漁っている。

「うーん、やっぱこれかな」

言いながら引っ張り出してきたルームウェアを白いシャツの上から羽織った。

薄いグレーのもこもことした生地に差し色の淡いピンクが点々と散らされている。陽乃さんはそのウェアの襟元《えりもと》を浅く摑《つか》むと口元を隠すように埋めて、上目遣いで問うてきた。

「どう？」

「……あんまり妹さんのイメージじゃないですけど。まぁ、いいんじゃないですか。それはそれで」

言うと、陽乃《はるの》さんはぷくーっと頰《ほお》を膨《ふく》らませて俺を睨《にら》む。なにこの人、こういうあざとい仕草もできんの？　おいおい、強化外骨格性能良すぎだろ……。本性知っててもうっかり騙《だま》されちゃうし、騙されても後悔しなそうだぞ、これ。

が、相手は雪ノ下《ゆきのした》陽乃である。

「わたしにどうかって話でしょ。だいたいこれ雪乃《ゆきの》ちゃんとはサイズ合ってないし」

そう言うと、陽乃さんはそっと自分の胸元を撫《な》でた。

言葉よりもなお雄弁に語るのは雪ノ下姉妹の絶対的な差異である。そういう残酷なこと言っちゃうところがマジはるのん。妹さんだってちょっと気にしてるんですよ！　本人に絶対言わないであげてね！　お兄さんとの約束だよ！

しかし、感想を求められたのであれば、それに応えよう。おそらくはそのために連れてこられたわけだし。

「……なら聞くまでもないでしょ」

けれど、俺の口から出たのはそんな言葉だった。

正直なところ、雪ノ下陽乃という人はこと容姿に関してだけ言えば、非の打ちどころなどないのである。だから、問われるまでもなく先ほど試着して見せた姿も不意に覗《のぞ》かせた可愛《かわい》らしさも全部が全部魅力的だった。

そして、困ったことに。

今の言葉だけでは物足りないとばかりに無言でさらに先を待つ、その勝ち気そうな瞳も魅力的なのだ。向けられた眼差《まなざ》しには、ちゃんと言えという圧力が込められている。

「……に、似合うと、思います」

まっすぐ見つめられた気恥ずかしさで、視線を逸《そ》らしてへどもどしながら答えると、陽乃さんは満足げに頷《うなず》く。

「うん、よろしい。んじゃ、これも買おっと」

そう言うと、今しがた試着していたウェアをぱっと脱ぎ、手早く畳む。さらに近くに吊るされていた色違いの真っ白なウェアもひょいと手に取った。

「お会計してきちゃうね」

言うが早いか、陽乃さんはさっさとレジに向かっていく。

結果、他の女性客や店員さんの視線から俺を守ってくれていたはるのんバリアーを失ってしまったので、そそくさとメンズ服のコーナーへと移動することにした。ここならまだかろうじて居場所がある……。

そこでふと目に入ったのは、先ほど陽乃さんが手にしたルームウェアと同じデザインのメンズだ。

ほう……、こっちは黒を基調にしているのか……。ほう……、なるほど……。ほう……、同じデザインだが色合いが違うとまた印象が変わるな……。ほう……、これならまぁ、俺が着てもそんなにおかしくはないかもしれないな……。ほう……、なるほど……。

と、そのもふもふもふしたウェアに手を伸ばしかけた瞬間。

「お待たせー」

背後から明るい声が聞こえてきた。伸ばしかけの手はしゅんっと高速でポケットの中へとしまわれる。

「早かったですね」

なんとか平静を装《よそお》いながら言って振り返ると、陽乃《はるの》さんは少々申し訳なさそうな顔をする。

「ラッピング終わるまでもうちょっとかかるみたい、ごめんね」

そう言って、店の外、フロアの端にある休憩スペースのような場所を指差した。そこには数脚の椅子《いす》がある。

プレゼント用のラッピングが終わるまで、そこで待っていようということなのだろう。陽乃さんは自分用に買った別の袋を抱え直すと、その椅子に向かって歩いていく。

陽乃さんがお店から出て行ってしまうと、俺はここでの居場所を失うことになる。素直にてくてくついていくほかない。

椅子を一つ空けて、陽乃さんの横に並ぶ。

陽乃さんは今しがた自分用に買ったウェアが入れられた紙袋を開けて、鼻歌交じりに中身を確認している。それを満足げに眺めながら口を開いた。

「で、比企谷《ひきがや》くんは？　もう選んだ？」

「は？　ああ……。プレゼントなら、もう買ってあるんで」

出し抜けにされた質問にはてと首を捻《ひね》ったが、今までの流れからすれば、問われているのは雪ノ下《ゆきのした》への誕生日プレゼントについてだろう。

だが、陽乃さんはふっと嘲笑するようなため息を吐《つ》くと、首を巡らせて、ひたと俺を見据えた。そのゆっくりした動きは鎌首をもたげる蛇に似ている。

「そうじゃなくて、比企谷くんたちのことを聞いたんだけどな」

問われて、息が詰まった。

俺をじっと見る視線は心臓を絡め取ってしまいそうなくらいに酷く粘ついていて、黒い瞳は澄んでいるのにその奥底を見通すことができない。

安易に、問いの真意を質してしまえば、何に言及しているのか説明を求めてしまえば、逃げ場のない答えを突きつけられてしまう。

なら、できることは一つだ。

口の端《は》を吊り上げて、喉の奥につかえていた空気を吐き出す。

「……比企谷くんたち、って言われても。グループで行動するときは自分の意見言わないようにしてるんですよ。奥ゆかしい性格なもんで」

「そういう躱《かわ》し方、結構好きよ」

陽乃《はるの》さんがふっと蠱惑的《こわくてき》に笑う。

すると、ほんのわずか、空気が弛緩《しかん》した。

それでも、彼女の瞳は未《いま》だ暗く、この時間が終わっていないことを伝えてくる。

「……まぁ、わたしは別にどっちでもいいんだけどさ。でも、このまま何事もなく過ぎる、なんて君も思ってないでしょ？　そんなの不自然だもの」

具体的なことなど何一つ口にせずとも、何について話しているのかははっきりとわかった。

雪ノ下《ゆきのした》陽乃が突きつけてくるのは紛れもない真実だ。

もうとっくに自分でも気づいている、なんてことない、ありふれた、どこにでもある、単なる事実。

けれど、観測するまでは、その事象が事実となることはない。

だから、見て見ないふりをした。

「……まぁ、自然の対義語は人工ですからね。人が関わるもんはだいたい不自然なんじゃないですか。その不自然さを受け入れてしまうのもまた人間というか……」

見当違いな明後日《あさって》の方向ばかり見ている観測者が長広舌をふるうのを、傍観者は嘲笑《あざわら》った。

くすくすと。

喉の奥から漏れてくる嗤い声が、妄言じみた言葉を遮《さえぎ》る。

「それを本物とは呼ばない、だっけ。……なら、何が本物なんだろうね」

柔らかな声。冷たい眼差《まなざ》し。潤《うる》んだ瞳。湿った吐息。

投げかけられたのは糾弾とも詰問ともつかない呟《つぶや》きだ。

それに答える者はおらず、ただ思い出したようにフロアに流れるBGMが聞こえてきた。数秒とも数分ともつかない、長くて短い沈黙が流れる。

静かな中で、ぱたぱたと足音が響いてくる。わずかに首を動かしてそちらを見やれば、先ほど買い物したお店の店員さんが綺麗《きれい》にラッピングされた袋を持って、こっちにやってくるところだった。

陽乃さんはそれを見つけると、ふっとため息を吐《つ》いて、勢いよく立ち上がった。そして、にこっと微笑《ほほえ》みかけてくる。

「残念、時間切れみたい。デートはここでおしまい。……戻ろっか」

そう言って、店員さんのほうへと歩き出す。

俺はその後ろ姿を見送りながら、なかなか立ち上がれずにいた。

×　×　×

カフェに戻るまでの間、陽乃さんはずっと無言のままだった。俺も同様に口を開くことはなかった。

おそらく俺と彼女の間で話すべきことは既に終わっていたからだろう。

改めて問われたところで答えなんて持っていないのだから、この問題は解無しで終了だ。

その代わり、というわけでもないのだろうが、カフェで席に着いたときの陽乃《はるの》さんはやけにテンションが高かった。

「はい、雪乃《ゆきの》ちゃん。お誕生日プレゼント。お姉ちゃん、超真剣に選んだの！」

陽乃さんは雪ノ下《ゆきのした》に抱き着かんばかりに身を寄せて、むぎゅぎゅっとプレゼントの包みを押し付ける。

「……急にどうしたの？」

雪ノ下も誕生日プレゼントと言われれば断る理由も特にないのか、やや困惑した様子でそれを受け取った。

その包みを見た由比ヶ浜《ゆいがはま》がわーっと瞳を輝かせる。

「あ、そのお店の、超可愛《かわい》いですよねー！」

「そうそう！　さすがガハマちゃん！　詳しい！　可愛い妹のために可愛いものを！　お姉ちゃんの愛を存分に感じてほしいわ！」

びしっと由比ヶ浜を指差して、陽乃さんがふふんと胸を張る。

二人のやり取りを見て、雪ノ下もいくらか警戒を解いたのか、自分の腕の中にある包みをしげしげと眺めてため息を漏らす。

「……愛、ね。……けど、まぁ、可愛くは、あるわね」

小声で呟《つぶや》くと、うんと頷《うなず》く。どうやらお気に召したらしい。雪ノ下は包みをそっと膝の上に乗せると、きゅっと浅く摑《つか》む。そして、俯《うつむ》いてぽしょぽしょと口を開いた。

「……ありがとう」

「どういたしまして」

かぁっと頰《ほお》を朱に染めている雪ノ下を満足げに眺めて、陽乃さんが笑った。

いやはや普段が普段だけに、どうなるかなーと思いましたけど、とても平和で優しい世界ですね。百合《ゆり》ノ下姉妹はいつもこれくらい百合百合しくしていてもらえるとぼくの胃も平和で助かります。

そんな微笑《ほほえ》ましい光景を見て、和んでいたのは俺だけではなく、葉山隼人《はやまはやと》もまた優しい眼差《まなざ》しでそれを見守っている。

と、その葉山がふと何かに気づいた。

そっとテーブルの下に手をやると、携帯電話を出して何事か確認した。どうやらメールかなにか来たらしい。

「……陽乃さん、そろそろ」

「ありゃ、もうそんな時間か」

葉山《はやま》が囁《ささや》くように言うと、陽乃《はるの》さんもブラウスの袖口《そでぐち》をめくる。細く白い手首に巻かれた金紗の腕時計に目をやると、文字盤と俺たちとを交互に見た。

どうやら親御さんとの待ち合わせ時間がやってきたらしい。

となれば、俺たちはここで別れるのが良かろう。この流れで「よかったらぜひ」なんて言われた日にゃたまったもんじゃない。葉山くんのご両親とご挨拶《あいさつ》だなんて、まだ心の準備ができてないよぅ！　ここが帰るチャンス！

「じゃあ、俺ら帰ります」

「うん、だね」

俺が言うと、由比ケ浜《ゆいがはま》も続いた。陽乃さんも葉山も、ここがちょうどいいタイミングだと思ったのか、こくりと頷《うなず》く。

「あ……」

ただ、雪ノ下《ゆきのした》だけが所在なげに視線を彷徨《さまよ》わせた。

俺たちと陽乃さん、双方を窺《うかが》うように見ると、陽乃さんは短いため息を吐《つ》いて、じっと雪ノ下を見つめる。

「雪乃《ゆきの》ちゃんはどうする？」

「どうするって……」

「会食。行く？　行かない？　一応、雪乃ちゃんの誕生日祝いでもあるけど。まぁ、わたしの用はもう済んだから別にどっちでもいいよ」

陽乃さんの声には冷たい響きがあった。あれほど呼び出すことに執着していたはずなのに、今は意外なほどにあっさりしている。

陽乃さんの用というのが雪ノ下に誕生日プレゼントを渡すことだけだったとも思えないが、ともあれ、選択の自由は雪ノ下にある。

「……そう、ね」

答えたものの、雪ノ下は決めかねているのか、遠慮がちにちらちらと俺と由比ヶ浜に視線を送ってくる。その様子を見て、由比ヶ浜が困ったように微笑《ほほえ》んだ。

「あ、あの、別にあたしたちのこと気にしなくていいからね」

「まぁな。普通にもう帰るし」

「そう……」

煮え切らない返事をして、雪ノ下が顔を俯《うつむ》かせると、由比ヶ浜もちょっと顔を曇らせる。だが、すぐに何か思いついたように、小脇に抱えていた袋をがさがさやり始めた。

「あ。そうだ、これ。ちょっと早いけど明日お誕生日だから」

由比ヶ浜がプレゼントの入っている袋を雪ノ下に渡した。由比ヶ浜が渡したのなら俺もここで渡すのが良かろう。

「おめでとさん」

「あ、ありがとう……」

雪ノ下《ゆきのした》は面食らったようでしばらくその袋をまじまじ見つめたまま固まっていたが、ようやくのことで切れ切れの声を出す。そして、袋をきゅっと胸に抱いて、顔をほころばせた。

そんな雪ノ下を見て、由比ヶ浜《ゆいがはま》も笑《え》みを漏らす。

「あのね、あたしケーキ用意してくから、また学校で改めてお祝いしようね！」

その言葉は由比ヶ浜なりの気遣いなのだろう。こういう場で友達と別れるのは追い返してしまったような気がして、後ろ髪引かれる思いをするものだ。であれば、俺もその気遣いに倣《なら》うべきだろう。

「じゃ、またな」

軽く手を上げて言うと、雪ノ下がふっと微笑《ほほえ》む。由比ヶ浜の気遣いは充分に伝わっているようで、雪ノ下は中途半端に開いた手を小さく振る。

「ええ。……また」

「うん、また！」

対して由比ヶ浜は元気よく手を上げた。

席を離れ、陽乃《はるの》さんに軽く会釈《えしゃく》をする。

「んじゃ、失礼します……」

ひらひらと適当に手を振る陽乃さんと爽《さわ》やかな笑みで俺たちを送り出す葉山《はやま》に見送られ、俺ている。


と由比ヶ浜は店を出た。

店からエレベーターホールまではさしたる距離もない。

同じフロアから乗る人はいないようで、がらんとした空間に俺と由比ヶ浜の足音だけが響いている。

「ケーキさー、何ケーキがいいかなー？　ショートか、チョコか……」

エレベーターのボタンの前に立った時、由比ヶ浜が明るい調子で話しかけてきた。

「どっちでもいいだろ、好きなほうにしなさいよ……」

言うと、由比ヶ浜がむーっと不満げに唸《うな》る。

「えー、ヒッキーも考えてよ。あたし、どっちも好きだから決めらんないし……。あ！　ハーフ&ハーフ？　とかできないのかな？」

「ピザじゃないんだから……」

なんにせよ、帰りしなにどのケーキを選ぶかも考えなければなるまい。呆《あき》れ交じりに言いながら、俺はエレベーターのボタンへと手を伸ばそうとした。

伸ばした指の先には二つのボタン。

上を向いた三角と、下を向いた三角。

どちらかしか押すことのできない、そのボタンに伸ばしかけた手が、我知《われし》らず止まっていた。

——じゃあ、どっちが。

不意に、あの日夜風に紛れてしまった、小さく密《ひそ》やかな問いかけが耳に蘇った。

その問いかけについぞ答えることはなく、考えることさえ放棄して、腕は力なく落ちかける。

淡く光が灯《とも》ってしまえば、取り消すことはもうできない。

けれど、選ばずにいたら、どこへも行けずに、このまま立ち尽くして終わってしまう。

あるべき場所へ向かう正しい道筋を選ぶ。

そのために、ひとつだけボタンを押した。

《続く》

あとがき

こんばんは、渡航《わたりわたる》です。

毎度おなじみ東京神田一ツ橋神保町小学館5階渡航ブースより、あとがきをお送りします。

この渡航ブースとかいう、どうかしてる場所から解放される気配がまったくありません。

俺ガイルは完結したはずなのに……、どうして……。

それはね、俺ガイル以外の仕事も小学館でやってるからだよ……。などと、本当のことを書くと方々から怒られてしまうので内緒にしておいてほしいのですが、もちろん俺ガイルのお仕事もごりごりあります。完結したはずなのに……。

いえ、あるいは、完結したからこそと言うべきかもしれません。

すべてやりつくして、少しだけ時間が経って、ちょっと離れた場所に立って、そうして初めて見えてくるものがある。すべて書き終えたからこそ書けるものもある。

少しだけ離れた場所だからこそ、見えるものが、そして見えぬものがあるのです。

その視座はそれこそ彼女の今の立ち位置と似ているかもしれません。

各々の向いた方向によっては、先んじているとも遅れているとも取れる、ほんの小さな一歩、いや半歩の距離。そも歩幅でさえ個々人違う中で、その半歩の距離感は果たして詰めたものか、空けたものか、あるいは保ったままでいるべきか。

その結末はまだわかりませんけれど、これは彼女の物語。ということは、当然、彼女の物語でもあるのですけれども。

といった感じで、『やはり俺の青春ラブコメはまちがっている。結』１でした。

もうね、俺ガイルいろいろありすぎだろと。多すぎだろと。本編完結した後なのになんでこんなにいろいろあんだよ、ＰＣゲームのファンディスクかよと。そう思われている俺、結構いるんじゃないですか。そんな俺のために以下、俺用にまとめておきました。

本編後日譚的な雰囲気のお話が入っているアンソロジー、『やはり俺の青春ラブコメはまちがっている。雪乃《ゆきの》side』『やはり俺の青春ラブコメはまちがっている。オンパレード』『やはり俺の青春ラブコメはまちがっている。結衣《ゆい》side』『やはり俺の青春ラブコメはまちがっている。オールスターズ』。こちらアンソロジーが計4種出ております。アンソロジーってなんだろうって思ってしまった人には、調べる権利をあげる！　こちら、私めっちゃ普通に書いてますので、絶対読んでくれよな！　あの人視点のお話とか書いてて超楽しかったぞ。

そして、俺ガイル完結後の完全新作正統続編とかいう適当ぶっこいてマジで普通に続きを書いてしまっていた三年生編的なアフターストーリー、『やはり俺の青春ラブコメはまちがっている。新』ですね。こちらＴＶアニメ『やはり俺の青春ラブコメはまちがっている。完』のＢＤ＆ＤＶＤの特典となっておりますので、ご興味ある方ぜひお手に取ってくださいまし。

それと、短編集『やはり俺の青春ラブコメはまちがっている。１４・５』ですね。１４・５

とかいう謎のナンバリングからもあからさまにわかるように、こっちでも本編後のお話が収録されております。こちらもぜひぜひよろしくどうぞ！

それから、『やはり俺の青春ラブコメはまちがっている。ぽんかん⑧ART WORKS』、ですが、こちらぽんかん⑧神の画集です。なので、これを手に入れるのは我らぽんかん⑧神の使徒の使命だとお考えください。いや、使命なんて言葉じゃ足りない。これを手にするのは運命だ。

あ、俺ガイル結あるある早く言いたいとか、14・5巻のあとがきで書いていたので、今言います。俺ガイル結あるある。俺ガイル結、anotherとは違う話になりがち。

さて、そんな感じで、俺ガイル関係はなんかめちゃめちゃありますが、ぜひともうしばらくお付き合いいただけましたら幸いです。

全部終わった暁には、ぜひみんなでこう言いましょう。

――さようなら、すべての俺ガイル。

以下、謝辞

ぽんかん⑧神。神！　神！　お疲れ様です！　今回も最高だったぜ！　そして、また始まってしまいましたね、俺ガイル地獄が！　逃がさねぇぞ……。また新たな一〇年に向けて、救ってくださいませ！　この先も末永くよろしくお願いいたします。ありがとうございました。

担当編集星野様。それみたことか！　今回も余裕でしたわ！　ガハハ！　ガハマさんをガハハさんって打ち間違えるくらい余裕でしたわ！　ガハハ！　まぁ、先の予定とか知らないし、知りたくないというか、なんなら聞いてても全部聞き流してますけど、それでもやっぱり次も余裕に決まってますわ！　ガハハ！　お疲れ様です、ありがとうございます。ガハハ！

メディアミックス関連関係各位の皆様。ＴＶアニメやコミカライズ等々、多くの媒体でお世話になっております。原作が一旦の完結を迎えてなお、関連企画やコンテンツの展開が続いているのは皆様にご尽力いただいたおかげです。本当にありがとうございます。どうぞ引き続きよろしくお願いいたします。

そして、読者の皆様。いつも応援ありがとうございます。「俺ガイル結」という形でまたこの世界を書くことができるのも、皆様のご声援のおかげです。いろいろな意味を含めて、結と銘打ちましたこの物語、最後まで読んでいただけたら嬉しいです。どうぞこの先も引き続きお付き合いくださいませ。君がいるから俺ガイル！

といった感じで、今回はこのあたりで。次はたぶん結の2でしょうか。わからないですが、また何かの俺ガイルでお会いしましょう！

八月某日　特に理由はないけどＭＡＸコーヒーを飲みながら

渡《わたり》　航《わたる》

GAGAGA

ガガガ文庫

やはり俺の青春ラブコメはまちがっている。結 1

渡 航

発行　2021年9月22日　初版第1刷発行

発行人　鳥光 裕

編集人　星野博規

編集　星野博規

発行所　株式会社小学館
〒101-8001 東京都千代田区一ツ橋2-3-1
［編集］03-3230-9343　［販売］03-5281-3556

カバー印刷　株式会社美松堂

印刷・製本　図書印刷株式会社

Printed in Japan　ISBN978-4-09-453031-5